[青少年阅读文库]

家园的故事丛书

森林的故事

金 涛 孟庆枢 主编

[俄罗斯] 帕乌斯托夫斯基 著

宝 宸 胡 真 译

广西科学技术出版社

U0571001

图书在版编目（**CIP**）数据

森林的故事 /（俄罗斯）帕乌斯托夫斯基著；宝宸，胡真译. —南宁: 广西科学技术出版社，2012（2020.6 重印 ）
（家园的故事丛书 / 金涛，孟庆枢主编）
ISBN 978-7-80666-172-7

Ⅰ．森… Ⅱ．①帕… ②宝… Ⅲ．短篇小说—作品集—俄罗斯—近代 Ⅳ. I512.44

中国版本图书馆 CIP 数据核字（2012）第 065471 号

作品名称:《森林的故事》
作　　者: 帕乌斯托夫斯基 ©
版权中介: 中华版权代理总公司
　　　　　俄罗斯著作权协会

家园的故事丛书
森林的故事
SENLIN DE GUSHI

| 责任编辑 | 罗煜涛 | | 封面设计 | 龚 捷 |
| 责任校对 | 李文权 | | 责任印制 | 韦文印 |

出 版 人　卢培钊
出版发行　广西科学技术出版社
　　　　　（南宁市东葛路 66 号　邮政编码 530023）
印　　刷　永清县晔盛亚胶印有限公司
　　　　　（永清县工业区大良村西部　邮政编码 065600）
开　　本　700mm×950mm　1/16
印　　张　15
字　　数　137千字
版次印次　2020 年 6 月第 1 版第 4 次
书　　号　ISBN 978-7-80666-172-7
定　　价　32.00 元

序 言

家园，是个闻之令人心驰神往的字眼。尤其是对于许多少小离家、浪迹天涯的游子，那是一个个具体的、鲜活的、渗透着欢乐和忧伤的画面和镜头。

家园，依我肤浅的理解，是留下先人足迹与血汗的故土，是每个人生命之河的源头，有时也是多姿多彩的人生之旅最难忘怀的小小驿站。

固然，在每个人的心灵深入，对家园的诠释依人生阅历的不同，又是异彩纷呈的。

外婆的澎湖湾，故乡的田间小路，夜色初升时提着小灯笼在田野草丛嬉戏的萤火虫、童年小伙伴扎猛子、学狗扒的小池塘，暴风雨中的电光和惊天动地的一声霹雳，秋高气爽的天空中排成"人"字形的雁阵，除夕之夜的鞭炮声，雪花纷飞的冬夜，第一次背着书包踏进课堂的惶惑及慈母的叹息，情人的热吻，婴儿的啼哭……所有这些刻骨铭心的记忆，无不是家园在我们心头摄下的影像，随着岁月的流逝反而会变得更加清晰。

对家园的依恋，大概也是人性中无法改变的怀旧情结吧。

不过，对于人类整体而言，不管肤色、民族和国籍有怎样的差异，也不管文明的发展程度和意识形态有怎样的不同，我们都有一个共同的家园，那就是人类赖以生存的地球。

科学的发现和人类的历史都证明：地球，这颗宇宙中最美妙的星球是人类诞生的摇篮。地球上的山脉、河流、海洋、湖泊、岛屿、森林、草原、沙漠、田野……不仅为人类世世代代繁衍提供了生存空间，也为人类文明进步和社会发展贡献了源源不断的自然资源。地球上的空气、水和土地，是人类生存不可或缺的基本要素。至于千姿百态的花草树木和种类繁多的鸟兽虫鱼，不仅是人类生存的必需品，也是人类的忠实伴侣。

人与地球的关系，从深层次探究，不仅仅限于地球赋予了人类生存发展的物质基础，在长达几万年或许时间更悠长的历史进程中，地球的自然界构成了人类的精神家园。山川的秀美，沧海的壮阔，日出日落的庄严，寒来暑往的韵美，乃至莺飞草长的无限春光，万物欣荣的繁华盛景，秋风秋雨的万般愁思，雪压冬云的苍凉寂寞……凡此种种大自然的物换星移，均深深植入人类的精神世界，幻化为艺术的创造、理念的思维、情感的寄托，最终成为人类生存的必要前提。

然而，时至今日，举目四望，人类的家园处于风雨飘摇

之中。被誉为"地球之肺"的热带森林在机器的轰鸣声中成为寸草不生的荒山秃岭，肥沃的土地因失去植被的庇护而水土流失而变成赤地千里的荒原；千千万万的飞禽走兽被捕杀殆尽，人们只能在博物馆的柜橱里看到它们的遗骸；昔日奔腾的江河已是毒液翻涌，变为死亡之河；一颗颗明珠般的美丽湖泊黯然失色，在无奈和悲伤中走向死亡；甚至连浩瀚无垠的海洋也充满毒素，再也无法维持众多水族的生存。至于人类头顶的天空，空气混浊，酸雨霏霏，日渐撕碎的臭氧空洞，正在给人类带来防不胜防的灾祸……

这不是危言耸听。人类的家园到处响起了告急的警报：春风伴着遮天蔽日的烟尘四处肆虐，无情的滚滚流沙步步逼近繁华的城镇，江河泛滥洪水滔滔千里原野变为沼泽，旱魃的魔口在非洲每天吞噬成千上万条生命。至于水资源的匮乏，环境的污染，珍稀物种的灭绝，疾病的蔓延，已经不再是个别的事件了。

人类，也许只有在失去了美好的事物之后才会懂得珍惜。对于正在失去的家园，理智而未丧失良知的人开始奔走呼号，呼吁社会竭尽全力加以爱护地球，因为越来越多的人开始意识到，一旦人类毁弃了自己赖以立身的家园，最终毁灭的是人类自己。

我们正是怀着如此真诚的心愿，选编了一套《家园的故事丛书》。这些体裁不同、风格迥异的作品，虽然是出自不同国家的作家之手，但是他们都是以对大自然的关爱，从不同的侧面展示人类的家园的美丽。这里有对弱小生命细致入微的

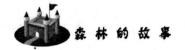

观察，也有对生态环境遭到污染的忧思；有的从人与自然的和谐反思人性的偏颇，也有的以诗一般的语言唤醒人的良知……总之，这些作品的共同主题是关爱我们人类的家园，倘若读者能从中受到感悟，从我做起，用爱心珍惜我们周围的一山一水、一草一木，使人与自然和睦相处，使人类的家园免遭厄运，永葆青春，那么我们的努力就达到了预期的目的。

金　涛　孟庆枢

目　录

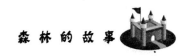

地板嘎吱嘎吱响

这幢圆木筑成的房子，由于年代久远而干燥得裂隙纵横，或许是由于它坐落在松林空地上，整个夏天受到松树散发的酷热熏烤的结果。有时阵风吹来，也难得吹进敞开的阁楼窗户。风，只是在松林上方呼啸喧闹，把团团积云推过林梢。

柴可夫斯基十分喜爱这幢木屋。屋内散发着淡淡的松香味和白丁香气味。白丁香树长满了台阶下面的一片空地，枝桠交错，花早已凋谢，花朵已失去本来面貌，倒像是粘在枝茎上的一缕缕绒毛。

唯一使柴可夫斯基振奋的是这地板嘎吱嘎吱的响声。要想从门口走到钢琴旁，必须跨过这块颤悠悠的地板。当这位上了年纪的音乐家眯起双眼，低着头仔细察看地板，小心翼翼地走向钢琴的时候……此情此景，从侧旁看来，一定会很有趣。

万幸，一块地板也没轧轧作响。柴可夫斯基在钢琴前坐下来，浅浅地笑着。不愉快的事情通通置于脑后，而奇妙又欢快的事儿马上到来：干裂了的木屋由于钢琴一开始发出的音响，便立刻歌唱起来。干透了的椽子、门窗和带有打破一半、如同橡树叶似的玻璃罩的老式吊灯，每一个琴键发出的音都能引起它们的微妙共鸣。

即使演奏最简单的乐章，在这幢木屋里也变成了交响乐。

1

"多么美妙的合奏呀!"柴可夫斯基默默地赞叹这木头的美音佳调。

柴可夫斯基不知什么时候起便觉得,这房子从一大早就等待着他喝足了咖啡坐在钢琴旁。

有时,柴可夫斯基夜间醒来,往往听到地板好像在回忆他白天弹奏的曲谱,从中选取所喜爱的曲调,时而这一块地板、时而那一块地板,吱吱嘎嘎地唱起来。如同乐队演奏序曲之前,乐师们调整乐器一般,忽而这边,忽而那边,忽然在阁楼上,忽然在小客厅,忽然在玻璃过道,不知是什么人在拨弄琴弦。柴可夫斯基在曚胧中捕捉旋律,但早晨醒来,又忘得精光。他努力回忆而不得,于是叹了口气,真可惜呀!木屋夜间吱吱嘎嘎地鸣奏,已不能再现了。那风干了的木头,那脱了泥子的玻璃窗,以及那吹动树枝拍打屋顶的阵风,现在都不能再演奏出简单的曲调了。

每当夜间,他倾听那交响乐,便想到岁月在流逝,年华正消尽,但他仍无建树。他写出来的东西,只不过是些练习曲,仅仅是献给人民、献给朋友和亲爱的诗人亚历山大·谢尔盖耶维奇·普希金的一份薄礼。那种由于壮观的彩虹、村姑在密林中清脆的呼唤声和身边发生的种种日常现象所引发的轻松欢快情感,他一次也表达不出来。

所闻所见的事物越是平凡,越是难以用音乐语言表达出来。例如,昨天遇到的情境,如何表达呢?昨天他路遇瓢泼大雨,到巡林员吉洪家暂避。吉洪的女儿,大约15岁的费尼娅从外面奔跑回来。她头上淌着雨水,两只小耳垂上各挂一颗雨珠。此时太阳光从乌云间直射下来,费尼娅耳垂上的水珠闪烁发光,像一付钻石耳环一样。

柴可夫斯基饶有兴味地欣赏这位小姑娘。可是费尼娅轻轻一抖,一切都化为乌有。于是,他明白了一个道理:任何一种音乐也

家园的故事丛书

不能表达出稍纵即逝的美妙绝伦的景象。

费特①在诗句里赞颂说："只有你，诗人的那种生了翅膀的铿锵语言才能在飞翔中抓住心灵深处的絮语和若隐若现的干草味，并将其定格。"

毋庸赘言，这一褒奖佳句显然不是馈赠给他的。他无论何时何地也不能坐待灵感的到来。他只能像帮工一样，像老黄牛一样，工作，工作，于是，灵感在工作中诞生了。

应当说，给予他帮助最大的，莫过于森林，今夏他客居的这座林间木屋、林间小路、茂密丛林、荒废的古道（路中车辙沟内积满了雨水，暮色苍茫时，一弯新月倒映水中），还有沁人肺腑的空气和那永远带有淡淡忧伤情调的俄罗斯落日景象。

他热爱这多雾的晚霞远远胜过巴黎的金灿灿的落日。他把自己的心全部献给俄罗斯，献给俄罗斯的森林、村庄、围栏、曲径和小曲。然而，由于表达不出来祖国的全部诗情画意，他一天比一天更加痛苦。他应当达到这个高度。为此，他需要毫不吝惜自己。

所幸，生活中总会有良辰吉日，像今天一样。他老早就醒了，有几分钟静卧不动，倾听着林间云雀此起彼伏的婉转啼叫。他不朝窗户外看，也知道森林中飘散着淡淡的带有露珠的雾霭。

房子附近一棵松树上有一只布谷鸟在"布谷、布谷"地鸣叫，他起身下床，走到窗前，抽起烟斗。

木屋建在山冈之上。森林从山冈逶迤而下，一直伸向生机勃勃的远方，那里的丛林间有一片小湖，那是他最喜爱的地方，名叫红谷。

通向红谷的那条林间小路，一直让他心情振奋。有一年冬天，他在罗马一间潮湿的旅馆里，每当睡醒之后，便开始一步一步回忆

---

① 费特（1820—1892），俄国诗人。

家园的故事丛书

走过的这条路。开始是林间曲径，路边树桩周围生长着玫瑰色的柳兰，接着是遍地生长香菇的白桦林，继而是杂草丛生小溪上的断桥，沿着一个小山冈朝上走，便进入一片造船用的针叶林。

每当回想起这条小路，他的心都猛烈地跳动起来。他认为这里是俄罗斯大自然景色的最好体现。

他呼唤仆人，催促他快拿净面用具和早点咖啡，好去红谷。他知道，今天前去红谷一游，回来之后，他内心深处蕴蓄已久的、赞颂这片森林的抒情魅力，那钟爱主题及铿锵乐章，会喷薄奔放而出，一泻千里。一年之后，他自己都会对他写的音乐篇章感到惊讶。

事情果真这样发生了。他久久地伫立在红谷的悬崖峭壁之上。椴树和黄杨树丛中滴下点点露珠。身前左右到处都是晶莹斑斓的露珠的反光，令他不由得眯起眼睛。

这一天里，让柴可夫斯基最感惊异的，是光。他仔细观察后，才发现投在他熟悉的森林上的光线竟是分层的。为什么以前没有看到呢？

光线从天空直泻而下，从悬崖上面居高临下看，森林在光的照射下显得尤为靓丽和繁茂。

斜射的光线投到森林边缘，给最靠近边缘的松树树干涂抹了一层柔和的金黄色。如果在松木薄片的背面上点燃蜡烛，就会看到这种金黄色彩。也是在这天早晨，他以非凡的敏锐眼光发现，松树树干同样把光线反射到树丛和青草上面，当然很微弱，不过依然是金黄的玫瑰色调。

今天，最后他还见到湖滨垂柳和赤杨由于蔚蓝色的湖水反映而粼粼生辉。

这个熟悉的地方处处都受到了光的爱抚，连小草也被照亮了。光的五彩缤纷、斑斓陆离，光的魅力激发了柴可夫斯基的创作激

情，似乎有一种不平凡的东西，类似一种奇迹，马上要诞生了。相似的冲动，类似的激情，他以前也曾体验过。不能再次失掉良机。必须立刻回去，坐在钢琴边，快速把演奏内容记录在五线谱上。

柴可夫斯基急匆匆走回木屋。林中空地生长着一株枝叶繁茂、高耸入云的松树。他把它比作"灯塔"。虽然天气风和日丽，可松树依旧低声喧闹。柴可夫斯基脚步不停，伸手摸摸暖融融的松树皮。

进屋后吩咐仆人不准任何人进入，便走进小客厅，关上吱吱响的房门，坐在钢琴旁。

他不停地弹奏。主旋律序曲的主题不明确，也不洗炼。他力求旋律明快，让费尼娅乃至老瓦西里——那位受雇于毗邻地的庄园、爱抱怨的守林人也能听得懂，而且喜欢。

他全神贯注地弹琴，不知道费尼娅带来一罐草莓，坐在台阶上，用晒得黧黑的手指紧拉着白头巾角，微微张着嘴，静听。后来，瓦西里费力地慢慢走来，与费尼娅并排坐下。他拒绝了仆人递给他的城里人吸的香烟，用纸卷个劣质烟吸起来。

"他在弹琴么？你说，叫他停下来不行么？"瓦西里吸了一口烟问道。

"无论如何也不行！"仆人答道，并嘲笑守林人的无知。

"他在作曲。瓦西里·叶菲梅奇，这可是件神圣的事儿呀。"

"当然，是件神圣的事情。"瓦西里同意，可又说："可是你最好还是替我传达一声。"

"别再纠缠了。怎么这么不明事理呢？"

"怎么，我还不明事理？"瓦西里生气了，"我说老兄，你把门看家，也得有分寸尺度哪。你要明白我的事儿，比弹钢琴还重要。"

"唉！要能一天听到晚，那该多好啊！"费尼娅叹了口气，于是把头巾角拉得更紧些。

她的灰蓝色的大眼睛呈现出惊奇的眼神，双眼射出肉桂色的小火花。

"瞧吧，连这个赤脚小姑娘都能理解，可你还在这里斗嘴！真拿你没办法。真不知道你来干嘛。"仆人责备他说。

"我不是来住酒店的。要住酒店，那我们可以吵骂，也可以一直折腾到明天早晨。我现在是来找彼得·伊里奇讨教一件大事的。"瓦西里争吵地说道。

他摘下帽子，搔搔灰白蓬乱的头发，然后又把帽扣在前额上，说道：

"大概听说了吧？我那地主老财爷支撑不下去了，破产了。他把全部林产都卖掉了。"

"当真么？"

"瞧，你个熊样！好傢伙，应当把你的舌头挂到松树上去！"

"你瞎搅合什么？要不，我可要教训教训你！"仆人发起火来。

"瞧，你穿上天鹅绒背心，还带几个小兜。里面装的什么货色，没人知道。也许为姑娘们装的冰糖？或者塞一块小手帕，装模作样地站在窗下出风头？原来你是浪荡子。你就这么个货色！"瓦西里斗起嘴来。

费尼娅噗嗤地笑出声来。仆人一声不吭，只是轻蔑地看着瓦西里。

"问题是，要明白什么东西是对的，什么东西是不合法的。我们那地主东家把森林全卖光了。结果怎么样？还不够还债的。"

"卖给什么人了？"

"卖给哈尔科夫一个名叫特罗先科的商人。不知什么风把他从哈尔科夫千里迢迢吹到这里来了！……你听说过这个商人么？"

"我见过的商人多着呢，"仆人支吾说，"如果他是从莫斯科来的商人……又是头等商会的……"

7

"我这一辈子什么样的商人没见过？什么样不可救药的家伙没有见过？（上帝拯救他们的灵魂！）可是这个商人呀，从外表看是个体面的绅士，戴着金丝眼镜，花白胡须梳理得干净利落。他是后备役炮兵上尉。不过，不怎么像军人，倒像是一个教会长老。他身穿茧丝上衣。他那双眼，空无一物，就像坟墓里的死人一样。与他一同来的跟班，一个劲儿地夸他老板说：'我家老板（猎狼犬）把哈尔科夫省和库尔斯克省的全部森林通通砍伐，彻底砍光。'他对森林怀有深仇大恨似的，连一棵树种也不留。他给森林业投下巨额资本。大家原以为那个跟班吹牛皮，这路人总是讨有钱人的欢心，溜须拍马。他们撒谎成性或让人倾家荡产也满不在乎。果然那个跟班的并没说假话。特罗先科把森林一买到手，还没有来得及换衬衣，便把伐木工人和锯木工人赶到这里来。从明天一早便动手伐树。据说他命令，斧头之下什么也别放过，连白杨也一律砍光。就这么办！"

"是个认真的男人。"仆人说。

"主——子嘛！他的脖颈是由牲畜大腿骨构成的，是该革除教门的傢伙！"瓦西里恶狠狠地大声吵嚷起来。

"这与你有什么关系？又不是你的过错。人家怎么吩咐，你就怎么干就是了。只是，赶快摘下帽子。"

"你在为一个好心先生当差，"瓦西里若有所思地说："但你的心像一颗烂核桃，喀嚓一声砸开，里面不是核桃仁，而是白蛆。我若是你的老爷，那一定赶走你，轰跑你！亏你竟能问出这样的话——与我有什么关系！我打 20 岁就照看这片森林。我栽树、育苗，就是婆娘养小孩，也没有我这样精心。"

"原来如此！"仆人嘲弄地说。

"还'原来如此'！如今怎么样？简直是打劫！还要我给树画记号，给它们送死。不，老兄，我的良心不是纸做的。谁也收买不了

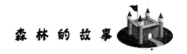

我。现在只有一个办法，就是去告状。"

"上哪儿去告状？沙皇戈罗赫吗？①"仆人一边从鼻子里喷出两股烟，一边说道。

"找省长，找地方自治机关。再不行就上法院！一直告到元老院。"

"元老院愿意找这麻烦么？"

"他们不管，就告到沙皇那里去！"

"那若沙皇也不管呢？"

"到那时，全世界人民都团结起来，成为一道'铜墙铁壁'，齐声呐喊'不许打劫'，命令老板滚回老家去！"

"白日做梦！"仆人叹了口气，用脚踩灭烟蒂后说："你这异想天开的胡话还是不告诉彼得·伊里奇为好。"

"我们等着瞧吧！"

"那你就坐在这儿等吧！不过你要想到，如果他弹入迷了，可能一直弹到半夜都不离钢琴。"仆人气冲冲地说。

"我不管他出不出来。你别吓唬我，我不是胆小鬼。"

仆人从费尼娅手中拿过装草莓的罐子，就走进室内。费尼娅双眼惊异地凝视前方，抑郁不悦地坐了一阵子，后来悄悄站起身来，朝四边望了望，便沿小路走了。瓦西里点上一支卷烟，搔搔胸脯，坐在那儿等下去。此刻，夕阳西下，已近黄昏，松树投下长长的影子，琴声依旧。

"他在呼风唤雨，施巫术呢！"瓦西里扬起头来，洗耳恭听。"老天爷，这个曲儿多么熟悉呀！莫不是我们的小曲，乡村小调？是'平坦的溪谷'？不，不是，可又有点像！时而如同牧马人在牧场吹起牧笛，呼唤马群回归；时而像夜莺互相召唤，呼啦啦一齐飞

_____

① 这里戏指童话中的国王。

向丛林。唉，暮年啊！那颗心灵依旧不肯屈服，心灵永远葆有青春。人告别青春，总是恋恋不舍，悲戚忧伤。真舍不得失去啊！"

当紫红色落日余晖射进窗子的时候，琴声突然停止。随后有几分钟沉寂。之后，房门呀地打开了。柴可夫斯基走出房间，站在台阶上，从皮制烟盒里抽出一支香烟。他脸色苍白，双手颤抖。

瓦西里站起来，跨步到柴可夫斯基面前，双膝跪地，从头上摘下那顶褪了色的无檐便帽，低泣起来。

"你怎么了？"柴可夫斯基立即问道，并把手放在瓦西里肩膀上说："起来吧，你有什么事情？瓦西里。"

"救命呀！"瓦西里哑着嗓子，费劲地用手拄着台阶站起来说："我一点气力都没有了！不管我怎么叫喊，没有一个人理我。请您帮帮忙吧，彼得·伊里奇，制止这场屠杀吧！"

瓦西里用他那磨破的蓝褂子袖口捂住眼睛，好半天也说不出话，只是一个劲地擤鼻涕。最后当他原原本本说了一遍之后，又吓得不知怎么办好了，因为他从来没有见过彼得·伊里奇如此狂怒。

柴可夫斯基此刻满脸红斑。他猛地朝房门转过身去！大声叫喊道：

"备车！"

仆人惊慌地跑出门来。

"是您呼唤么，彼得·伊里奇？"

"备车！赶快套车。"

"到哪里去？"

"去见省长！"柴可夫斯基对这次夜行印象不深。只记得马车撞在树干上，马被惊吓得直打鼻息。流星从天空滑过。沼泽地丛林的寒气袭人。

道路不时穿过片片榛树林，即使坐在车上也得弯下腰，免得树枝划伤脸。走出树林，道路向山脚下一片广阔的草地延伸。车夫吆

喝一声，马儿便疾步奔跑起来。

"能赶趟么？"柴可夫斯基想："在万不得已的情况下，我也要叫醒省长。明天便开斧砍伐森林了。多么卑劣的行径啊！"

那还是在省城举办的一次慈善音乐会上，他偶然与省长相识的。他大概是个胖子，穿着一件紧身燕尾服，眼皮微肿，眼袋下垂，病歪歪的样子。据说，省长是自由党人。

终于赶到省城。车轮滚过木桥隆隆作响，辗过全部圆木，然后在软绵绵的尘土上驰过。一路上许许多多窗户泛出像教堂圣像龛那么微暗的光。不少石头砌成的粮米店一字排开。马车驶过一座黑乎乎的瞭望楼，沿着花园的高墙向前行走，然后停在一幢有许多斑斑驳驳圆柱的白楼门前。

柴可夫斯基在便门边按响了电铃。

花园里人声不断，笑声阵阵，夹杂着木槌时续时断的撞击声。看来，人们在灯下玩克罗凯特球。可见，省长家里有年轻人。这一点使柴可夫斯基增强信心，他相信他能够说服省长。不论省长多么冷漠，多么官僚，他会觉得在年轻人面前，在自己孩子面前拒绝柴可夫斯基的这种正义要求而感到羞耻。

在一个身穿浆洗得哗啦啦响的布衣的使女引导下，柴可夫斯基穿过长廊，省长正在那里坐着饮茶。省长是个鳏夫，一个满脸饱含委屈的女管家正在给他斟茶。

省长艰难地站起来，跨前一步表示迎接。他身穿白绸斜领衬衣，领口敞开。他用微肿的双眼望着柴可夫斯基，表示有失远迎。

花园里克罗凯特游戏的木槌撞击声停下来了。想必年轻人已认出柴可夫斯基，不再玩耍了。认出他是不难的。他举止文雅，从斑白的头发以及照片上早已熟悉的浅蓝色的专注眼神，一下子便认出来是柴可夫斯基光临。当他轻轻地点头，从女管家手中接过茶杯的时候，年轻人看见他的手，那是音乐家的纤细而有力的手啊！在他

11

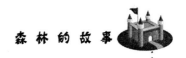

森 林 的 故 事

的肖像画上，常常画着他的头倚在这双手上。

"按照现行法律，"省长慢条斯理地说，并用手中的羹匙在茶杯中挤压着一片柠檬，"我无法采取任何措施，彼得·伊里奇。依照现行法律条文允许特罗先科砍伐森林。特罗先科先生在本身利益上享有充分自由。私有财产嘛，毫无办法！"

省长挤干了柠檬，而后用小羹匙把它从杯子中捞出来。

"您发现特罗先科的行为中有什么违法现象么？"

柴可夫斯基只好缄口不言。能对此人说什么呢？说毁灭森林会给国家带来灾难么？省长大概也明白这个道理，但根据法律和法律条文的解释，会立刻委婉地否定了反对意见。还有什么可说的呢？说亵渎了大自然的美么？说窒息了他的灵感么？说森林对人的心灵有巨大影响么？还能说什么呢？说"我们之所以英明卓越，乃是我们与这绝妙的大自然同心协力哺育和养育自己人民的伟力"么？还是干脆说心痛这森林，它的清新、它的喧闹以及林中空地上的灿烂阳光么？

柴可夫斯基依旧默默无语。

"当然，"省长扬起眉毛，好像改变了主意似的，"滥伐森林，是一种胡作妄为之举。可是，在这个难题上，我无力助您一臂之力，彼得·伊里奇，我爱莫能助。我与您一样忿忿不平，我愿意分担您的愤慨。不过，艺术家的天性与商人利益总是难以兼容的。"

柴可夫斯基起身告辞，向门口走去。省长急忙紧随其后，打算恭送他出门。

在克罗凯特球场上树枝头高悬数盏风灯。两位姑娘和一名士官生手持球槌停立不动，默默看着柴可夫斯基离去的背影。

马车回程走得很慢，车夫总是打瞌睡。他像醉鬼一样，前仰后合，直到马车遇到沟坎才醒过来，吆喝一声马："这些懒鬼！"继而在驭座上坐立不安。马儿一瞬间加快步伐，而后又慢下来，打着响

13

鼻，老想去吃道路两旁的青草。

柴可夫斯基竖起大衣领子，倚在马车上的皮靠背上，不停地吸烟。下一步怎么办呢？出路只有一条，那就是出高价从特罗先科手中买回森林。可是上哪儿弄这笔钱呢？明天给他的出版商尤尔根逊拍封电报，让他想法弄钱来。可以用作品、歌剧、抒情歌曲……作抵押。主意已定，柴可夫斯基就安心了。

"看在上帝面上，伊凡别再催马了！"柴可夫斯基说道，尽管车夫根本没有用鞭子打马。

柴可夫斯基很想坐在车上走一夜，就这样似睡非睡、迷迷糊糊、昏昏沉沉，想像中正在这无边黑夜的平原上驶向朋友中间去，那里赞扬和幸福正在向他招手。有时他真的睡着了，也许不过一两分钟，他觉得有一只热乎乎的手捂住他的眼睛，并说："你猜我是谁？"

……柴可夫斯基清醒过来。马车站在河边。树丛和杂草漆黑一片。车夫从座位上走下来，用鞭杆理理挽具，说："渡船在对岸。船家睡了，喊一声试试。"车夫到河边，犹犹豫豫，低声呼叫一声："摆渡喽！"

无人回应。车夫等了一会儿又喊一声。对岸有灯火在移动，有一个人吸着烟朝前走。渡船哗啦地离开河对岸。

当渡船靠岸的时候，柴可夫斯基走下马车。车夫小心翼翼地把马牵上木码头。后来，缆绳长时间沙沙响，车夫与船夫低声交谈。此刻从附近森林飘来一股暖融融的气味。

何等欣慰！多么畅快！他终于能够拯救这片土地了。他倾注全部感情爱恋这片土地。他的思考，他意识中隐秘深处所产生的音乐，他一生最美好的时光，都与这片森林分不开。况且，这样的时光所余无多了。

如果有人问他，他那些享誉国内外的作品是如何写成的，那他

只能回答："平心而论，我也不知道。"有时他谈起自己的音乐创作，故意地说像打零工一样辛苦，但他也知道事实并非如此。他所以把音乐创作说成像打零工一样，乃是因为他也不明白究竟是怎么发生的。

前不久，在彼得堡有位热诚的大学生问，他的音乐才华的秘诀何在。那个大学生讲的是"才华"。闻听此言，柴可夫斯基急得面红耳赤，他万万接受不了这最高褒奖的溢美之词，于是断然地回答说："秘诀何在？在工作当中。其实根本没有什么秘诀。我只是不停地坐在钢琴旁，与鞋匠坐着缝鞋没有什么不同。"

那位大学生失望地走了。当时柴可夫斯基正在生气，还认为自己的话没有错。而今，在这样的暗夜里，耳边响起河水冲刷渡船发出汩汩声的时候，他想到，创作并不那样简单。这种认识又不期而至，诚如一首被遗忘的诗中说的那样："一个浪花使人进入另一种生活，两岸煦风吹来阵阵花香。"和风从百花盛开的两岸徐徐吹来！他的心脏都停止了跳动。生活本身包容着多少出人意料的事情啊！而且妙就妙在我们并不知道生活什么时候放出意想不到的事情，是在这里的渡船上面，还是在那金碧辉煌、青烟缭绕的剧院大厅里，抑或在觉察不到微风吹动的兰铃花和摇摇摆摆的幼小松树下，或者在女人的温柔又满含狐疑的闪光眼神当中呢？

他清楚地觉得，只有与森林友好协作，在这种宁静致远的环境中，他才得以完成昨天开始的创作，那么把作品献给谁呢？献给一个年轻人，一个不爱抛头露面的朋友，过去的乡村医生，此人的短篇小说，柴可夫斯基每每晚上阅读或重读。这个朋友就是安东·契诃夫。让演奏家发火去吧。他已经厌倦他们过分自负、貌似庄严实则暧昧不清的赞扬。

渡船到达对岸，柴可夫斯基上了马车对车夫说：

"到利佩茨基庄园。那个商人可能没走……他叫什么来着，特

森林的故事

家园的故事丛书

罗先科?"

"对，应当在那儿。我们去得早了一点，彼得·伊里奇。天才蒙蒙亮。"

"不要紧。我应当尽早地找到他。"

在利佩茨基庄园没有找到特罗先科。

此刻，天已大亮。整个院子长满了牛蒡、苍耳、飞蓬、龙芽草……在草丛中有一只哑声哑气吠叫的狗，被拴在一条生锈的铁丝上，来回奔跑。狗的嘴边和脸上粘满了苍耳，叫了几声，便用爪子抓挠自己的脸，想把它们抓下来。

台阶上走下一个罗圈腿的人，一头火红色卷发。他身上散发着刺鼻的大葱味。他冷漠地看看马车，又看看柴可夫斯基，然后说特罗先科刚走，到伐木场去了。

"您找他有何贵干?"红头发不情愿地问道："我是他的经纪人。"

柴可夫斯基没有理岔儿，碰碰车夫脊背，马儿快步跑起来。那个红头发的汉子看一眼马车背影，啐了一口唾沫，拉长了腔调说：

"贵族派头！不屑与人回话。这样的人满世界都有，可惜腰包空空的!"

马车在半路上赶上了伐木工。他们手提斧头，肩上扛着发青光的钢锯直颤悠。伐木工向柴可夫斯基讨了香烟，并告诉他特罗先科离这儿不远，在第五作业区。

马车停在第五作业区附近，柴可夫斯基下车后朝有人说话的方向走去。

特罗先科脚穿皮靴，头上戴一顶叫"你好和再见"的帽子，是用丝瓜做成的头盔，头盔前后都有帽檐。他在林中走来走去，用斧子在树干上砍个记号。

柴可夫斯基走到他身旁，通报了姓氏名谁。特罗先科问道：

"我如何为您效劳？"

柴可夫斯基简要地说明来意，即把这片森林全部转卖给他。

"您想扩充您的领地么？"特罗先科殷勤地问道："这片森林可是无价之宝，价值连城。你听，"特罗先科用斧背敲打松树，"这木材会唱歌呢！您的话我得考虑一下。这太意想不到了。您明白，问题是价钱。原价转卖，我不干。这太没有意思。况且，我已破费不少。招募大批伐木工人、路费、伙食，开销不小。唉，我们这些木材商人，还得给官员进贡。官员们像磁铁，吸引力真够大呀。"

"请您报个价。我不想讨价还价，如价钱公道的话……"

"您怎么会讲价呢！您是上流社会的人。我告诉您一个实在的价钱……"特罗先科停了一下："一万卢布，大概物有所值吧。"

"您购买这片森林花多少钱？"

"这毫不相干。我的货，就由我定价。"

"好吧！"柴可夫斯基说着不由得心底一阵发冷，好像把性命作抵押，孤注一掷了："成交了。"

"爽快，干脆利落！"特罗先科一面说，一面把木制烟盒递给柴可夫斯基："请！"

"谢谢，刚吸过。"

"那么您手头有钱吗？"特罗先科突然不客气地问道。

"会有的。"

"天堂也会有呢。我们总会要死的。我问的是现款。"

"我给您出具。"

"拿什么做抵押？拿这个庄园么？值两千卢布也是好价钱！"

"这个庄园不是我的，我用我的作品做抵押。"

"原来是这样——"特罗先科拉长了声调并吸了一口烟："拿音乐做抵押！……听听音乐嘛，当然很惬意。听过了以后便走了，一点踪迹皆无！"他的一只手掌伸向柴可夫斯基，用弯曲手指在上面

抓抓，"不实在，今天可能卖个好价钱，明天就一钱不值！对不起，抵押我不干。我只要现款。"

"现款我手头没有。"

"没现款那就没办法！方才我们只是粗略地估估价钱。"

"怎么能这样做呢？我们不是已经说定了价钱么？"

"还得考察考察，考察一下森林，认真地估估价。是的，看来这事儿办得不那么严肃。有谁在路上谈生意呢！……这不行！"他断然地说。"那是无稽之谈！如果明天您给我一万五千卢布，那时我才能出让。"

"您这是怎么啦？"柴可夫斯基说，同时他的脸上又出现红斑，"您的头脑没出毛病吧？"

"我的头脑永远是冷静的。我不是生活在太虚幻境中。"

"您是个不折不扣的投机商！"

"那您干嘛跟投机商谈生意?!"特罗先科恶狠狠地说："我们活在世上是投机商，死在阴间也是投机商，可是我活得体面又富足。我们的皮袄不能高尚得做衬衣。我这里顿首施礼了，再见！"

他提提帽子，向森林深处扬长而去。

"我怎么老是这样子，一发火，净说尖酸刻薄的话语，结果把事情搞砸了。"柴可夫斯基暗想。

只好回家，竭力不听林中传来的斧砍声。

途经长着那株"灯塔"百年老松树的林间空地，车刚进入林间空地，便有人在前面大声警告，车夫赶紧勒住马匹。

柴可夫斯基站起身来，一把抓住车夫肩膀。伐木工人弯着腰，像小偷似的，从松树下面四处跑开。

整棵松树从树梢到树根突然抖颤一下，呻吟着。柴可夫斯基十分真切地听到这呻吟声。松树那茂密的华盖震动一下，整棵树开始慢慢地慢慢地向道路方向倾斜，随后蓦地倒下来，毁了附近几株松

家园的故事丛书

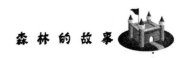

树，折断了几株白桦树。树干隆隆砸在地面，树叶颤动一阵子，就一动也不动了。马儿吓得后退几步，打起鼻息。

这一瞬间，是在这里生长足有两百年的庞然大物发生骇人听闻灭亡的瞬间，柴可夫斯基咬紧了牙关。

树冠横卧在前进道路上。路已无法通行。

"只好转回大路，彼得·伊里奇。"车夫说。

"你去吧！我走回去。"

"哎，这帮没用的愚货！"车夫一面收起缰绳，叹口气说："砍树也不像个人样儿。先砍大树把小树砸得粉碎，这叫什么事？你先砍小树，大树才有空地方倒下，不会造成损失……"

柴可夫斯基走到伏倒在地的树冠前面，那鲜活的、黑油油的枝叶像一座小山似的倒伏在那里。枝叶上仍保留着只有在空中微风吹拂下才能产生的特有光泽。折断的粗枝渗出一层淡黄色透明膜，满含着松脂。松脂气味使人喉头发痒。

这里也有被大松树砸断的白桦树枝。柴可夫斯基想，大概白桦树打算用它那柔韧的树干支撑倒伏的松树，以减缓这种致命的倾倒。由于这株巨松倒伏，远近周围大地都震颤了。

他正快步往回走，时而左侧，时而右侧，时而身后不断地传来树木扑倒在地的响声。大地上传来一连串咕咚咕咚的轰响声。鸟儿在伐木场上东突西窜、惊飞不停。甚至云彩也好像在那对世上一切漠然置之的碧空当中加快了步伐，匆匆跑过。

柴可夫斯基越走越快，几乎在小跑。

"真卑鄙！"他喃喃自语，"骇人听闻的野蛮行径！谁赋予人类的权利去摧残和毁灭大地？仅仅是为了像特罗先科之类的人物每天夜里用唾沫点数钞票？世间有些东西是无法用卢布乃至亿万卢布来估价的。一个国家的强大，不仅在于物质丰富，还在于人民的心灵、精神面貌。难道这个浅显道理，彼得堡的达官显贵、贤明之士

真的不明白么？人民的心胸越是广阔，心灵越是自由，国家就越是伟大、越强盛。然而，要培育人的精神广度和深度，除了奇妙的大自然，还能靠什么呢？正像我们要保护人的生命一样，大自然也必须得到爱护。我们的后人决不会宽恕我们恣意蹂躏大地，也决不会饶恕我们玷污不仅属于我们的、依法也属于他们的东西。否则，他们会说，瞧，这些败家的父辈！

柴可夫斯基此刻已气喘吁吁，再也走不快了。他胸中空虚昏厥阵阵袭来，继而又开始狠狠地撞击他的心脏，甚至反射到太阳穴阵阵发痛。他想，森林的毁灭和不眠之夜，将使他立刻老了好几岁。

现在，他根本无法完成昨天开始的创作。他必须马上离开此地，再也不忍心看到这种野蛮行为。

与这可爱的地方告别的时刻到了。多么熟悉的环境啊！为什么当你必须与之分别的时候觉得这个可爱的地方更加美好呢？为什么在别离时刻，这里的一切更加光彩夺目呢？现在，一切都那么不寻常，这天空，这空气，这露水打湿了的青草，还有那在碧空中孤零零飘动的蜘蛛网……

就在昨天，他还停下脚步，安详地注视着蛛网游丝随风飘荡，猜测着它能否挂在白桦枝头。而今天，再不会有这种闲情逸致。没有安宁，就没欢乐，一切都化为乌有。

到家后便吩咐仆人整理行装。

仆人立刻精神了。

"去莫斯科么，彼得·伊里奇？"

"先到莫斯科。到莫斯科再定。"

他瞟了一眼仆人那精神焕发的面容，皱起眉头，走进小客厅，坐在钢琴旁。这就是说，只能是这样的结果。那么，那个穿着咯吱咯吱响的靴子名叫特罗先科的商人，那个厚颜无耻、恣意妄为的投机商，可以肆无忌惮摧残大地了。连昨天开了头的交响乐尚未及开

花，便已凋零。他苦笑一声说："在阴霾密布的早晨，已无所谓花开花谢了。"在他意识中昨天充满如此众多音调音符，而今已空空如也。有个转手渔利的投机商把他赶出这人间仙境，破坏他的创作。此后再次过着四处漂泊、孤独寂寞的生活。生活就像住旅馆一样，为得到彬彬有礼但冷漠的服务、一份安宁生活和创作的条件，就必须定期支付昂贵的账单。

那些抢掠者、愚蠢的傢伙竟然把他的国家掠为己有。他们有朝一日会受惩处么？应当有那么一天，他也坚信不疑。可是要等到何时？但愿能活到那一天。然而，那"可爱的幸福之星"到底何时才能升起在俄罗斯的碧空呢？他时时翘首以待，于是他便变得朝气蓬勃、兴高采烈，轻快地登上指挥席，一个由 500 种、1000 种、2000 种乐器组成的乐队，使用一个声音演奏他的近作欢快曲调。

他打开钢琴盖，弹了谐音，便皱起眉头：一个琴键没有声音。显而易见，昨天弄断了琴弦。

他猛然扣上琴，用力过重，起身走开。

傍晚时分，瓦西里又来了。房子已经上锁，人去屋空。瓦西里围着房子转一圈，扒着窗子朝小客厅张望，没有人在！那个看门女人大概也因为老爷走了，就到农村儿子家去了。

"全完了！"瓦西里在台阶上坐下来，埋头吸起烟来。

大地仍在隆隆响，不断颤动，特罗先科不倦地、无限期地砍伐森林。

"这位好心先生想要求个理儿，可惜根子不硬，"瓦西里想，"他退却了，飞走了。而只把我老哥儿一个扔在这里，孤立无援。"

瓦西里抬起头来。有个人朝房子方向走来。此刻，已夜幕下垂，瓦西里起初无法看清来人。看清是特罗先科之后，拉拉衬衫，迈步迎上前去。

"主人在吗？"

"有何贵干？"瓦西里沉声沉气地问，"你还要什么？还要买下余下的森林么？想要森林灭绝么？"

"去叫你的主人。我和他讲话，没你的事！"

"我就是这里的主人！我！你听不懂么，无赖，流氓！我叫你明白！"

"你疯了么？"

"积点德吧！"瓦西里静静地说，并指着特罗先科的手。

"你别……"特罗先科嘟嘟囔囔地说："别……太傻气！"

特罗先科转身急忙走开。瓦西里愤怒地望着他的背影，啐了一口唾沫，狠狠骂了一句。

在新砍伐过的地方，在横七竖八地堆着倒木的那边，展现一片朦胧阴暗的黄昏的远景，一轮血红的太阳低低悬在地面上。

一个有理想的女孩

一个月前，安菲萨从十年制中学毕业了，将来学什么，尚未定夺。其父尼古拉·尼基季奇想让她进莫斯科季米利亚泽夫农学院深造，而她自己却有另一番打算，虽然还是"雾里看花"，影影绰绰，但十分诱人，让人心动，即学演戏，周游世界，以及……

由于读了许多书，她总想像自己置身于一个人间仙境般的国度里。她清楚地感到，她在一个早晨从轮船登上这个国度的海岸，在湿漉漉的沙滩上留下一串足迹，每个脚印里面都隐匿着一个蓝色小影子。这是因为太阳刚刚从东方升起，阳光斜射在大地上。远山如烟，淡紫色断崖峭壁雾霭蒙蒙，凉丝丝的瀑布从绝壁上一泻而下，喧闹奔腾，化成无数玑珠，气象万千。

安菲萨几乎天天都去市图书馆借书还书。图书馆位于一条繁华大街上，与一家新建电影院毗邻。图书馆占一幢红砖楼整个一层，室内洋溢着一股墨水气味；刚漆过的地板擦洗得干干净净。一面墙上挂着读者守则和墙报，墙报用五彩笔装点得花花绿绿。

这些物件令人觉得乏味，不过初步印象并不可靠。安菲萨知道，图书馆书架上隐藏着那么多的思想和诗文的宝藏，她每想到这一点，两眼就乌黑闪亮。

23

　　她总是躲在她父亲花园里那个挂满山葡萄、活像一个棚厦的小亭中，如饥似渴地读书，一页接一页地生吞活剥。

　　"安菲萨，你会把眼睛看坏的!"尼古拉·尼基季奇在花园里喊道。他整日侍弄苹果和李子树。

　　"马上就完，让我看完这一章!"安菲萨含糊地回答说。

　　"我没事，根本不需要你，"尼古拉·尼基季奇柔声地说："你这个小傻瓜! 要爱惜自己的眼睛，不然会两眼无神，像一对小酒杯似的双眼凸出。"

　　不管尼古拉·尼基季奇怎么担心，安菲萨的秀眼不仅没有失去光泽，相反，每当读到有趣味的书时，忽而泪珠盈眶，忽而熠熠生辉，或黯然失色; 忽而满眼含情，浅笑轻颦，或迷茫若失，身边一切视而不见。安菲萨仿佛在仔细观看遥远的天边地角一掠而过的东西。

　　"幻想家，"尼古拉·尼基季奇想，"唉，她必定要尝尽人生的痛苦。想想真可怕。她也该体验一下人生啊!"

　　尼古拉·尼基季奇为安菲萨的未来忧心忡忡，有一次他去尼娜·波尔费里耶夫娜·叶夫谢娃家讨教。尼娜·波尔费里耶夫娜是位城里医生、上了年纪的女人，做事果断，有主见，一点也不多愁善感、婆婆妈妈的。

　　尼古拉·尼基季奇是位老园艺家，他认为自己是具有"实践气质"的人。他想监护安菲萨，不让她沾染上生活中一切肤浅的东西。他认为她一心想当演员，埋头读小说、读诗歌，都是浅薄的。他觉得，这一类的东西，过分光怪陆离，太华丽，华而不实，很快就凋零了，成为过眼烟云，像一些花儿，尚未绽放，就散落了。譬如罂粟花，微风一吹，花瓣便纷纷落地了。你瞧它们随时可能凋谢，散落在篱笆下的泥土之中。哎，当然，要说安菲萨的体形外貌，作演员，那是不在话下，姑娘身材修长匀称、苗条，窈窕婀娜，至于那嗓音，夺人心魄！那两条发辫过膝垂地。不过，关键还不在这里。

"我真不明白，"尼古拉·尼基季奇对尼娜·波尔费里耶夫娜说，"安菲萨长得像谁？她母亲善于料理家务，而我爱动脑筋又能动手。我喜欢那种能得到触手可及、实实在在结果的事。"

"她像您呀！"尼娜·波尔费里耶夫娜忿忿不平地说。

"怎么会呢？我不明白，"尼古拉·尼基季奇惊讶地说，"我是个园艺家，我也想把她培养成一名园艺家，可是她很固执，不肯。她反反复复地说，她要演戏，要演戏。那么进剧院演戏，有什么好处呢？只给别人开开心！"

"您这个园艺家呀，园艺家，"尼娜·波尔费里耶夫娜反驳说："您为什么要种花呢？花园栽满奇花异草。这不，还给我带来一束名花。"

"种花为了一饱眼福，"尼古拉·尼基季奇犹犹豫豫地解释说，"请看色泽，从红色、天蓝色、金黄色，样样有。稀贵品种。"

"这花叫什么？"尼娜·波尔费里耶夫娜严肃地问，一面仔细欣赏大而轻盈的鲜花；花儿弱不禁风，连从尼娜·波尔费里耶夫娜家小花园里吹进她书房的微风，也使它们颤抖不已。

"叫金鱼草，产于非洲。那还是我在莫斯科的时候，直接从一位养花老者手中讨来的呢。好费口舌，讲了不少好话。您来看看这花瓣吧，它会由浅蓝色变成紫色，再由紫色变为血红色。"

"这就您所说的触摸到实实在在的结果么？"尼娜·波尔费里耶夫娜忽然问道。

尼古拉·尼基季奇慌张起来：

"我不懂，您干嘛问这个？"

"我说，这就是花的触摸到实实在在的结果么？您栽花也不为了卖钱吧？"

"我这一辈子连一株花也没卖过！只是送人。"尼古拉·尼基季奇郑重地回答说。

"咳，您呀您！"尼娜·波尔费里耶夫娜说着摘下夹鼻眼镜，她的两眼立刻失去了严肃神情，变得和善又疲惫。"当音乐家阿连斯基住在这儿时，您以同他做朋友为荣，而又要求艺术立即产生实际效果！艺术能造就优秀人材，艺术能陶冶人的心灵。这就是全部。"

"艺术就这样……"尼古拉·尼基季奇怯生生地反驳说。

"那么说戏剧就不是艺术么?"尼娜·波尔费里耶夫娜说道，"您是怎么想的？……安菲萨的生活道路选择得没错，您别阻拦她。我哪天晚上去同她谈谈。"

尼古拉·尼基季奇走了，但不大放心。

已是黄昏时分。城里华灯初上，路灯照亮了人迹稀少的静静街道，从各家敞开的窗子照射出来的灯火通明。

尼古拉·尼基季奇家一片漆黑。"安菲萨出去了么?"他想。他叹了口气，点燃了手提灯，就走进花园，给那棵老苹果树安放几个支柱。

安菲萨坐在花园的靠背椅上，静悄悄的，以至尼古拉·尼基季奇没有立刻发现她。当他看到她后，吓了一跳。你看她佝偻着背，垂头丧气，裹着头巾。

尼古拉·尼基季奇走过去，挨着她坐下。安菲萨仍旧一言不发。

"你怎么了，我的女儿?"尼古拉·尼基季奇问道，并把手放在安菲萨肩头，"千万可别是病了?"

"没事儿。"安菲萨答道，把头巾裹得更紧。

"你干嘛要摸黑坐在这里?"

安菲萨向尼古拉·尼基季奇转过脸，直望他的眼睛。手提灯放在地上，光线从下面照着安菲萨的脸。尼古拉·尼基季奇紧皱眉

头。安菲萨腮边有个东西一闪而下，一道暗淡的小火光顺腮爬下来，一下子熄灭了，之后落在沙石小路上的暗处。

"到底出了什么事？"尼古拉·尼基季奇轻声地问道，"你为啥哭呢？"

"爸爸！"安菲萨搂住尼古拉·尼基季奇那多皱的脖子，整个贴在他的肩膀上，"你是我的好老爸！"

"你这是……"尼古拉·尼基季奇茫然无措地低声说，"你爱上什么人，怎么的？还是觉得寂寞无聊呢？"

安菲萨一个劲摇头说：

"不，我没有爱上什么人。我能做许多好事，爸爸，好多好多。我要为大家做事。我知道我有能力做到。让我进戏剧学校，爸爸！我决不会让你失望。"

"我们再等等看，"尼古拉·尼基季奇回答说，"不是明天就走，而是要等到初秋之前。"

他的心一阵发凉。很明显，应当放她走。可是没有了安菲萨，他怎么在这里生活下去呢？哪有心思侍弄花园呢？还不如扔下这一切，同她一起去莫斯科，在那里生活。

"现在的青年人真让人摸不透……"尼古拉·尼基季奇小声说。

安菲萨更紧紧地靠着他。

"放开，小傻瓜，"尼古拉·尼基季奇以严肃的口吻说，但他的头在哆嗦，"说不定我也跟你走。"

可是，安菲萨久久不得安心。只当从小河上吹过一阵风，她惺忪的泪眼觉得发凉的时候，她才站起身来，紧紧挽着尼古拉·尼基季奇，一起走进屋里。应当给老爸做晚饭了。

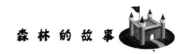

茶桌边的一席谈话

当列车懒洋洋、咣当咣当地撞击铁轨接缝驶过河上铁桥的时候，柯利亚·叶夫谢耶夫，一名林学院学生奔向车窗。从桥上看故乡最棒。柯利亚已3年多没有回乡探亲了。

他头一眼看到的是一群牛，牛都浸在河里面，水没过肚皮，嘴里在不停反刍，呆呆地站在河中陷入沉思。岸边，牧人双手垫在脑后，平卧在沙滩上，仰望碧空。他对列车到来不屑一顾。

牧人身后是一片陡峭的丘陵，山丘上房舍错落有致，所有的房舍几乎一模一样，下层是砖石结构，上层是木结构。在镶花边的窗帘后面，室内花盆里的鲜花怒放，擦拭得干净的玻璃窗迎着太阳闪闪发光。

难怪人们常说，"利夫内的房子真漂亮"。小城里的妇女真是竭尽全力保持家里的清洁卫生。因此，她们在城郊箭手村女人的面前颇感自豪。箭手村自古以来就乱糟糟的，不讲究卫生，脏兮兮的。村里人一直过着吉普赛人式的生活。

柯利亚在列宁格勒生活了几年之后，觉得这个小城太小了，有点黯然失色。不过空气清新，天气晴朗，天空碧蓝如洗，菜圃中金黄色的向日葵从车厢里老远就看得清清楚楚。

车站上挤满附近几个村的妇女，她们带来早熟樱桃和腌渍黄瓜。柯利亚的母亲，那位头发花白、戴夹鼻眼镜、严肃的尼娜·波尔费里耶夫娜来迎接她的儿子。

尼娜·波尔费里耶夫娜医生，不仅在本城，而且在全地区也家喻户晓。对于大龄青年，她也按老习惯称呼"你"而不是"您"，因为她在他们还是"黄口小儿"的时候即秃小子和毛丫头年龄便给他们治病。

尼娜·波尔费里耶夫娜亲热地吻她的儿子柯利亚，摘下夹鼻眼镜，擦擦她那发红的近视眼，对着她身边手拿鞭子、高兴地望着柯利亚出神的小青年说：

"喂，库泽亚，总算等来了。看看吧，列宁格勒人到底什么样？"

库泽亚脸红了，喃喃地回答说：

"已经看……"

"快把行李搬上马车吧。"

马车在鹅卵石路上颠簸跳动着。石子路是拱形的，呈鱼脊形，马车侧身而行，似乎想转过去朝车站走似的，尽管一对栗色骏马撒欢跑，使劲拉着车朝前走。

"一辆老掉牙的车！你爷爷也坐过它看病人呢！现在还凑合着用。没关系，到秋天会分给我一辆汽车——爱姆车。"

柯利亚终于回来探亲了，尼娜·波尔费里耶夫娜非常高兴。真是无巧不成书，本城四周地带以多沟壑而闻名全国。沟壑年复一年侵吞着大片的土地，毁坏道路，人们不得不建新桥以替代坍塌的旧桥。

人们所说的"多沟壑特点"，在这里表现得尤为明显，因此不久前城里设立了一个沟壑实验站。

柯利亚好运气，夏季实习正好派他到这个实验站。若不是有这

个机会,尼娜·波尔费里耶夫娜今年还见不到儿子柯利亚,他说不定又到哪个偏远的人迹罕见的地方测量森林去了。

"你能不能回来,我已不抱有希望,"尼娜·波尔费里耶夫娜说,"你的专业是森林学,而我们家这个地方树木只剩下稀稀拉拉的几棵。于是我想,我等不到你了,我今年又见不到我的小柯林卡了。至少也得把你调到林区。哪曾想到,我们这里也需要林业专家工作呢。"

正当说话之际,有一只黑色瘦母鸡从马蹄下飞出来,扑拉掉不少羽毛。母鸡刺耳地尖叫,马匹吓得猛然后退,竖起耳朵。库泽亚用鞭杆吓唬母鸡:

"看我不抽你的!你可找到一个刨食的好地方,你这老傻瓜!"

尼娜·波尔费里耶夫娜的家在小城的零公里处,在河边的陡峭岸上。她家房子是木结构的,还是柯利亚爷爷经手修的,已经有点倾斜了,可是花园里枝叶繁茂,郁郁葱葱。

花园里一棵树上拴着一头前额带白色斑点的牛犊,正在低头吃青草。它见到马车便抬起头来,两眼盯着那匹马,连用尾巴驱赶讨厌的苍蝇都忘却了。

尼娜·波尔费里耶夫娜给柯利亚做好饭,饭后就去医院上班了。她很忙,只好推迟到晚上才与柯利亚详细谈话了。

柯利亚走进他的卧室。房间里的陈设像他离家那天一样,原封不动,只是窗外的丁香更加茂盛,室内光线暗了。

柯利亚坐在老式桌子前,拉开抽屉,翻阅已经被忘却了的物件,学校的练习簿、乌拉尔石头标本、拆卸了的老式电话机、集邮册,以及橡树、枫树、白桦树、栗树的树叶标本等等。所有的东西都蒙上了厚厚的尘土,柯利亚觉得是那么久远,那么古老,他不禁笑出声来。好像这些东西不是一个男孩珍藏他喜爱过的宝贝,倒像守财奴泼留什金(果戈里小说《死魂灵》的人物)的储藏室里的破

烂杂物。

同时，他又舍不得丢掉这些东西。当然，它们已经老朽不堪了，但他仍感谢它们给他带来了早年的欢乐、昔日的种种理想以及它们在他心中引发的幻想。

现在，再次看到它们，久久地端详着，然后依旧按照几年前的位置，仔细地放回抽屉里面。

有谁知道，如果不是有这些旧物，那么他也许成为另外一副模样，决不会选择今天他这样酷爱的专业。也可能，他不会成为一名林学家。作为一名林学家，要求具有这样的品质：他必须热爱大自然，对实际生活要抱有浪漫主义的态度，还要有吃苦耐劳和坚韧不拔的精神。在这个行业，一个没有想像力的人将一事无成。要想把你的毕生精力投向历时几十年的工作，而且你也许根本见不到工作结果，那就必须具有高度想像力和对人类、对大地炽烈而深沉的爱。

家里静悄悄的，柯利亚已经不习惯这样宁静安谧的环境。他又来到餐厅，打开钢琴，用力地敲击琴键。一只正在窗外黄瓜地里觅食的老公鸡突然大叫起来，蹬着结实的双腿，头也不回地飞奔而去，钻到园子深处。

柯利亚走进厨房，老妇玛里耶夫娜正在擦茶炊。她两耳全聋了，想同她谈话也谈不成。

"您身体还硬朗么，玛里耶夫娜？"柯利亚大声喊着说。

"大点声说话，"玛里耶夫娜说，"再大点声！我从去年夏天起连打雷也听不见了。"

柯利亚又在花园里蹓跶一阵子。园子里蚂蚁很多，到处都开辟了它们的黄沙小道。柯利亚观察到，蚂蚁在蔓生多汁的马齿苋花丛中一个接一个不停奔跑。他真有点嫉妒这些蚂蚁，它们生活在花草绿叶之间，住在舒适的树洞里。当然，它们不理解，也不知珍惜这

家园的故事丛书

一切。

柯利亚又回到房里，抓起一条毛巾就到河里冲凉去了。

河水浅浅的，对岸全是一片沟壑。从这边岸上就听见沟壑底部泉水淙淙。

柯利亚小心地走下陡坡小路，迎面上来一个晒得黝黑的姑娘，身穿鲜红色连衣裙，亚麻色辫子盘在头上。

"安菲萨!"柯利亚叫道，"真是你么?"

"是我呀!"安菲萨低声回答说，微笑一下。"啊呀，你长得好高大呀! ……这次回来能呆多久?"

"整个夏天，我将在沟壑实验站实习。"

"我今年春天中学毕业。"

他俩互致问候，安菲萨由于洗过澡，两手冰凉冰凉的。

柯利亚与安菲萨同在一所十年制中学读书，安菲萨比柯利亚低两年级。

"你回来了，爸爸会高兴的!"安菲萨说，"他真的老了。"

"那花园怎么样?"

"他只关心花园，整天侍弄园子。他又栽了新品种苹果。为给我一份荣耀，给它起个名字叫'安菲斯'，倒像'茴香苹果'。"她笑起来，"走，现在就上我们家去。"

"那好吧，不过我得洗个澡。"柯利亚同意了。

"那你去吧，我到岸上等你。"

柯利亚跑到河边，脱了衣服，想要游泳一番，差不多一下直游到河心。柯利亚朝铁路桥那边看一眼，牛群依旧伫立在河水中。

"天真热，"柯利亚想，"遇到安菲萨，太好了!"

安菲萨在远远陡崖上的榆树下面坐着，她那身鲜红的连衣裙在阳光下像一团火焰。

柯利亚洗过澡，容光焕发，头发湿漉漉的，攀上断崖，朝安菲

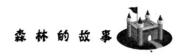

萨走来。她见到他轻松地登上来，微笑望着他。

尼古拉·尼基季奇的花园在陡崖上面，园中低矮、枝桠繁茂的苹果树间，由于微风荡漾，阳光摇曳不定，在这条条动荡光带中，蜜蜂不停地穿梭往来。

尼古拉·尼基季奇已须发皆白，干瘦无光泽，他敞着衬衣，背着背带，坐在一根圆木上用力刨着搭蜂房用的块板。他吻过柯利亚之后，拿来一只"安菲斯"苹果给柯利亚，又吩咐安菲萨烧茶炊，为苹果树下的桌子铺上台布。

柯利亚从童年起就喜欢在树下的圆桌边喝茶，桌子铺淡蓝色台布，用泥制杯子饮茶。茶不放糖，但加蜂蜜。茶汤淡，却很香。瓢虫常常跌落在桌上，黄蜂也时常飞来抢食蜜糖。柯利亚总是用力把它们弄死。为此他常常受到尼娜·波尔费里耶夫娜批评。

茶桌边的谈话，既令人心旷神怡，也受益匪浅。尼古拉·尼基季奇十分健谈。他不仅在园艺上是行家，而且识多见广，知识渊博。

尼古拉·尼基季奇在他的花坛里栽种了一个"花钟"，引起了小城人的注意，大家议论纷纷。所谓"花钟"就是指不同花儿在早晨不同时间准时相继开放，而同样在傍晚准时凋谢。尼古拉·尼基季奇利用栽种在花坛里的花儿，按其开放和凋谢来指示时间，用他的话说，其误差不会超过 30 分钟。

也正是在这张茶桌旁，柯利亚第一次从尼古拉·尼基季奇口中知道了米丘林和多库恰耶夫的事迹以及橡树林或"鹿砦"的故事。做鹿砦的橡树林从前生长在河对岸，守卫着箭手村居民的祖先。

这一片茂密的大森林挽救了古俄罗斯免受鞑靼人的入侵。当年从西朝东在林中砍出一条宽阔的大道。所谓"鹿砦"法，即把树砍倒，将多年老橡树树冠朝南放倒，造成致密结实的巨大的树枝屏障。这种屏障，不仅骑兵和步兵难以逾越，就连林中野兽也无法

森林的故事

通行。

"当然，"尼古拉·尼基季奇说，"现在森林已经砍光，只剩下空名。例如，列夫·尼古拉耶维奇·托尔斯泰住过雅斯那亚·波利雅那附近的柯兹洛夫鹿砦。"

柯利亚中学毕业后的命运，就是在这座花园里决定的。

早年还有一位音乐家阿连斯基在利夫内住过。尼古拉·尼基季奇与他很熟，甚至是朋友。有一次，尼古拉·尼基季奇说起他听阿连斯基讲的关于柴可夫斯基的故事。故事讲柴可夫斯基想如何拯救他当年暂住的庄园附近大片松林免遭砍伐，结果一事无成，以及这位大音乐家怎样痛心疾首。

"敬爱的尼古拉·尼基季奇，"阿连斯基说，"您瞧，生活可真能捉弄人！如果当年没有砍伐这片松林，柴可夫斯基肯定给我们留下一部交响乐。森林一向是启迪他创作灵感，激发他创作激情的源泉。而这一切全都被断送了。因此不由让您想到，像森林和爱情、牧笛和民歌这类就其重要性各不相同的事物，能给一个音乐天才多么大的影响啊！这要靠您自己去琢磨！"

尼古拉·尼基季奇赞同他的看法。的确，一个人的新思想产生，往往是由于完全不同的事物引发的；初看起来，与他的专业主题毫不相干，用现代流行说法，是与他的创造力没有任何关系。

"那么让我举个例子说，"尼古拉·尼基季奇说道，"当我在河边垂钓的时候，我觉得整个人轻松自如，各种思想随之而来。钓鱼，看起来好像是孩子们的把戏，而实际上钓鱼能使人的整个神经系统放松，有助于思考人类才智所特有的各种问题。"

尼古拉·尼基季奇回忆柴可夫斯基这次遭遇之后，又谈起了森林。他说，森林不仅给人类带来巨大的利益，不仅美化装点大地，净化大地，而且森林也维系和保护大地上的各种生命。

柯利亚故乡小城的那一带草原，根本没有森林，也可能因此，

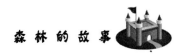

他觉得森林是那么神秘莫测、雄伟壮丽和那么引人入胜，再加上尼古拉·尼基季奇的一席话，使他怦然心动。于是，柯利亚想了想，便决定进林学院学习。

尼古拉·尼基季奇的房间里挂着希施金①的风景画。虽然尼古拉·尼基季奇说，希施金的画多少有点索然无味，但你要是久久欣赏他的画，还是很耐看的，颇有艺术感染力。柯利亚觉得他置身于希施金画面上的森林中间，他的感受是那么清楚实在，似乎森林中树桩的松香味和草莓气味朝他扑面而来。

现在，尼古拉·尼基季奇谈及库尔茨克的地磁异常问题。这个问题最近报刊谈得很多。

小城以强烈的雷暴而闻名。按尼古拉·尼基季奇的解释是小城位于地磁异常区。地下深层蕴藏着丰富的铁矿，因而雷暴频繁。

柯利亚听了他的解释，微微一笑。好在老人没看他的脸，否则当然会生气的。

尼古拉·尼基季奇知道柯利亚将从事"沟壑事业"工作后很高兴。他说："我非常赞成！你在生活中选择了一项非常好的专业。而安菲萨怎么办，我不知道。她一心一意想进戏剧学校。最好是继承父业，按照父亲的脚印走，培育花卉。地球上植物匮乏，是一切灾难之源。比如说沟壑吧，就这么短短的 40 年间，我们这个地方就损失了三分之一的土地。这一切历历在目。一旦森林砍光，种种灾难就会接踵而来！"

饮过茶，安菲萨送别柯利亚。他们向一条流入大河的小溪上的小桥走去。小溪在幽暗的沟壑中潺潺流淌。通向小桥的小道，是在荨麻田里踩出来的，柯利亚双手被荨麻扎得很痛。

到了小桥上，安菲萨就停下来了。

---

① 希施金（1831—1898），俄国著名风景画家。

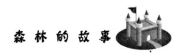

"好吧，我不再送了。常来家玩。"

他们相互道别。安菲萨漫步朝家走去。她几次停下来，回头看柯利亚。说来也巧合，每次当她回头时，柯利亚也在回头看她。而后安菲萨挥挥手，一拐弯就不见了。

"再见，安菲萨！"柯利亚喊着，但安菲萨没有回应。

第二天，柯利亚到沟壑实验站报到，并向站长斯梅什利亚耶夫作自我介绍。站长个头不高，岁数不小，戴着一付浅黄色镜框眼镜。

沟壑实验站临时设在主要大街一幢低矮房子里。这座房子的一半是药房，另一半是实验站。实验站的同事出入必须经过药房的前厅，从这里走更方便，因为实验站的出入口要经过一座院子，院内经常挤满了大车。全区庄员都到这里取药。

院内像个大市场，到处都是马粪、干草碎屑。系在马车的马匹不断吃草，用柔软的尾巴不停顿地抽打自己的身体。

本院投药员阿布拉姆·鲍里索维奇，一位高度近视但很爱动的老头，穿一身宽大的白大褂，他常常与人吵嘴。他看药方的时候，贴得那么近，好像他不是看药方而是闻药方。

当柯利亚进来的时候，碰巧斯梅什利亚耶夫正在同阿布拉姆·鲍里索维奇吵嘴。他们中间隔着像一般收款处常见的门上开设的小窗。里面是斯梅什利亚耶夫的办公室，外面是药房。

"阿布拉姆·鲍里索维奇，这里毕竟不是大车店呀，院子里应当收拾一下。"

"您以为这是莫斯科头等标准药房吗？"阿布拉姆·鲍里索维奇尖声尖气地说，并不停地摇动内装混浊液体的药瓶，用一只眼对着光细看，"您知道您在什么地方呀？这里是黑土地！"他大声吵嚷着说，同时把药瓶"嘭"的一声放在台子上，气冲冲地朝等待拿药的那个爱笑的年轻女庄员瞅一眼，"喂，我说，请来瞧瞧你这大

美人!"

年轻女人用手臂挡住脸,噗嗤一声笑起来。

"到这边来!"阿布拉姆·鲍里索维奇说。

"唉呀,这个老爹,可真够利害的!"年轻女人大大方方走近投药口。

"这个是滴剂,而这个是含漱剂!"阿布拉姆·鲍里索维奇说,"当心别弄混了。你说说看,哪个是滴剂?"

"有什么好说的,您这是刁难人。"

"不说,我就不给你药!"

"真的不给么?"年轻女庄员以嘲弄的口吻说,"这么一大把年纪的人,老是与年轻女人过不去。真不愿意登您这药房门槛。"

"瞧瞧,我想您都听到了吧?"阿布拉姆·鲍里索维奇说,并洋洋得意地看了斯梅什利亚耶夫一眼。"说也怪,我就在这样的环境里工作了好多年。"他指指那个爱笑的年轻女人,"仍觉得自己是一个神经正常人。"

"您总是没正经的!"女人嘟囔着,拿了药,走出去"呼"一声关上门。

走出门外,她噗嗤笑出声来,并对什么人说:

"我们年轻女人,在哪儿都会遇到麻烦,不得安宁,因为我们都像天仙似的漂亮。"

阿布拉姆·鲍里索维奇以挑衅的目光久久盯着斯梅什利亚耶夫说:

"喂,知道吗,太过火了点!"

"请原谅,阿布拉姆·鲍里索维奇。"斯梅什利亚耶夫说完就把通向药房的小窗子关上了,转过身来对柯利亚说:"从来没有在这样的环境工作过。不过,归根到底,有这么一个邻居也无大碍。有时甚至还很开心,可能对工作有好处。您以为如何?"

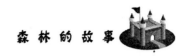

柯利亚表示同意。

"工作应当是愉快的，"斯梅什利亚耶夫以教训的口气说，"也要热爱你工作的地方。您出生在这座迷人的小城，我也很满意。您暂时去测量阿达莫夫磨坊附近的几条沟壑，进而确定沟壑的年增长数，探明地下水水位。我怀疑那里的沟已经切开蓄水层上的土地并猛烈吸走地下水。土地很快就会干涸了……"斯梅什利亚耶夫停了停又说，"让谁来做您的助手呢？"

"我自己找，"柯利亚说，"助手的工作并不复杂，拖着测量链，把住测杆，每个孩子都对付得了。"

"好极了！"斯梅什利亚耶夫说。

夜晚，柯利亚又拜访了尼古拉·尼基季奇。在苍茫暮色中，飞蛾上下飞舞。河对岸，箭手村的姑娘们坐在河岸唱道：

> 太阳落在草原那边，
>
> 远方茅草也闪烁金光……

柯利亚与安菲萨并排坐在门槛上。从这里看去，整个花园、河对岸全景以及遥远的田野一览无遗。

安菲萨裹着头巾，虽然今晚暖融融的，苹果树枝叶纹丝不动。

"你冷么？"柯利亚问道。

"不冷，只是……"

"有什么不顺心的事么？"

"不，或许是。很烦心。你到列宁格勒已经 3 年了。我只出过一次门，到库尔茨克的姑妈家。"

他们都默不作声了。

"我明天就开始工作了，"柯利亚说，"测量阿达莫夫磨坊后边那几条沟。"

"一个人？"

"不，我想找库泽亚，再找一个农村小孩。他们帮我拖测量链

和握测杆。"

"让我替那个农村小孩吧，我干得了。"安菲萨提议说。

"这项工作很累。"

"我身体棒着呢。你瞧!"安菲萨伸出胳膊，衣袖一直挣到肩头，手臂在昏暗夜色中显得很白皙，然后又慢慢地伸过来，"摸摸看!"

柯利亚摸了一下。胳膊上筋腱不大，可结实。

"好吧，"柯利亚点头同意，"我同意。但愿尼古拉·尼基季奇能准你走。"

"他会准的。"

尼古拉·尼基季奇打开房间的灯。灯光通过窗口照到花园。广袤无垠的世界猛然收缩了，只剩下微光照亮的老花园的一隅，被遗忘在树下的喷壶，香气四溢的白色灯草花正在怒放，就如群星散落四方，还有远处箭手村姑们的歌声：

> 他们摆动着身体唱起了歌，
>
> 他们在放声纵情地歌唱，
>
> 歌唱伏尔加的广大辽阔，
>
> 歌唱那虚度了的逝去年华。

安菲萨站起身来，向花园深处走去。柯利亚依旧坐在门槛不动。

安菲萨停在陡崖边缘上，长时间伫立在那里，倾听歌声。

沟壑群

测量沟壑是件很苦的差事。要一直下到沟底，要爬黏土陡坡，还得走迂回路，绕大弯子，最后还得画草图。

几天之后，安菲萨、柯利亚和库泽亚，一任太阳曝晒，风吹雨淋，变得黝黑油亮，满身散发着苦艾和泥土气味。

在这些不平凡的日子里，他们整天处在炎热的太阳光下，置身于"青纱帐"和田野之中，奔波在微风轻轻扬起的尘埃路上。

到了傍晚，一天下来大家累得半死，艰难地返回小城。于是，柯利亚决定从家里带上食品，就可以两三天不必回家，就在磨坊更夫伊万·德米特里耶维奇，那位棕色头发瘦老头的茅屋里过夜。他的家是他妻子达维多夫娜当家，她说了算。达维多夫娜是位性格爽朗的老太婆，而德米特里耶维奇总是一声不吭，不时叹气又不停地吸着劣质烟，不是抱怨干咳不断，就是抱怨肺中有痰。

在茅舍里，每当夜晚，在厨房那盏灯光下，安菲萨都帮助柯利亚画沟壑草图。柯利亚往往由于过度劳累而伏在桌上睡着了。这时，安菲萨费老大劲儿才把他拽到屋里的一角，为柯利亚和库泽亚铺一层干草作床铺。

柯利亚躺在干草上，立刻进入梦乡，而安菲萨还久久地坐在桌

旁，画着草图，听着堤坝水声哗啦哗啦响。而后，她回到散发小麦气味的小储藏室，躺下之后又在思量：如果尼古拉·尼基季奇不准她进戏剧学校，她干脆逃跑；当她被录取后，再请求老爸宽恕。

　　有一回，当安菲萨手把测杆，柯利亚用水平仪校准的时候，安菲萨突然丢下测杆，伏下身去。

"你过来!"她对柯利亚大声说,"多美呀!"

柯利亚走过来,安菲萨跪下,辫子也垂下来,辫梢耷拉在草丛里。

安菲萨双手伸向地上一种看不见、想必很小很小的东西。看样子她在用两手遮挡蜡烛火苗,免得它让风吹灭了。

"是什么?"柯利亚低声问道。

安菲萨抬起她那满含幸福情感的双眼说:

"淡紫色白头翁!"

在她两只手掌罩住的地面上,有几朵像小镜般的淡紫色花朵,花瓣表面覆盖着一层厚厚的银色绒毛。

柯利亚望着安菲萨,看着她的两手和稍微抬起的双肩,心想安菲萨醉心戏剧,一心想进戏剧学校,当然是对的。显而易见,演戏是她的志向,她也有演戏的天赋,你看她的身段和身姿,一举手一投足,是何等轻盈机敏,多么纯朴自然。

柯利亚工作十分投入。沟壑的分支又杂又乱。这一片广阔而又奇特的地方,到处是坍塌现象,深谷、沟槽、水洼、洞穴、水泉、陡峭的红土坡,有些坡上生着长刺花李和稀疏的杂草,大部分是光秃秃的黏土高坡。有的沟壑绵延好几千米。

柯利亚还没有见到过这样严重水土流失的残酷景象。他知道,俄国这一带的沟壑面积非常大,其收成足以养活像比利时这样人口稠密的国家。他也知道,这里半数土地由于沟壑纵横不适于耕作而荒废了。然而,他一想到这片沟壑的陡坡变成梯田,植树造林,开垦樱桃园和苹果园,而其中有他一份劳动,他心中就充满了自豪感。

不久,他们测量到斯梅什利亚耶夫所说的那条沟,那里的含水层已经裸露地表,斜坡上渗出涓涓细流,并向沟底或不远处沟壑流去,形成一个清澈的小湖。

他们决定下到那个小湖边去，稍事休息，痛痛快快地喝顿茶。

这条沟特别深，当他们刚下到沟底的时候，安菲萨抬头一看，只见大块乌云飘过沟顶，乌云好像扫过沟上干枯的茅草，使其猛烈地摇摆。她问道：

"我们可怎么才能从这里上去呀？"

"这有什么难的！"库泽亚夸下海口说道，"这里有条沟，你朝下扔一块石头，数到二百，石头才落到沟底。秋季，强盗常到那里把抢来的财物挥霍一空。"

"你净胡扯，"柯利亚说，"现在哪还有什么强盗！"

"我虽然没有亲眼见到，可也不瞎说；是我亲耳听到的。有一天夜里，我赶车路过那条沟，突然听到手风琴声，就是我里夫内那种琴，在沟底弹奏。吓得我毛发悚然，脊背发凉！我立即打个胡哨，催马狂奔，那些强盗才没有发现我。只听到我的胡哨声。"

"好了，留着你那些强盗故事吧！"

天气溽热难当。酷热使一切变得黄乎乎的，那天空，那大地，那空气都变黄了。好像酷暑作威作福，逞凶肆虐时间太久，自感疲惫，终于染上了这种令人厌倦和不祥之兆的色调。开始点燃的篝火，很快就烧完了，茶壶总是煮不开。

远方传来轰的一声响，不像一般的雷声滚滚，好像有人踏上钢琴踏板，猛的弹个低音，又立刻松开踏板似的。

"什么声音？"库泽亚吓了一跳，"可别是雷声。"

"不像打雷，"柯利亚并没有把握，"是炮声。附近有个射击场。"

"这里根本没有射击场。应当爬上沟顶看看。"

库泽亚说罢便开始顺着斜坡朝上攀登，干燥的黏土一块块，哗啦啦朝下散落。

安菲萨一面往篝火中加干树枝，一面说：

"柯利亚，你有妈妈，该多好！"

"可是你有父亲呀！"

"那可不一样，"安菲萨低声说，"有好多好多事情不能向父亲讲。我有话没有人可以交谈……一切的一切……"

"和我说行不行？"

"恰好不能对你说。"

柯利亚正想问为什么，库泽亚从上面声嘶力竭地大声叫喊：

"快上来！来暴雨了！可吓人了！"

"安菲萨，快快！"柯利亚忙不迭地说。

柯利亚想到标杆和其他工具还在崖顶上没有收拾，就不必徒劳地朝上拖，略觉宽慰。

安菲萨围上头巾，急急忙忙系好。

"快点呀！"柯利亚再次恳求她，并且抓住她的一只手，就要走。

忽然，万物变暗，失去了平日的光泽。黄乎乎的尘埃从田野上和道路上阵阵袭来，遮天蔽日，库泽亚的身影消逝在飞扬翻卷的尘埃中。

柯利亚拉着安菲萨的手在陡峭的黄土崖上奋力攀援，一只手抓着带刺的荆棘，手划破了。沟顶一个劲呜呜响，奔腾咆哮。他不时仰头看看还得爬多远。有一次抬头看见了太阳，看见还不如见不到。太阳四边像长了长毛，还冒着烟，大风吹得它像陀螺似的以疯狂速度旋转，从太阳上掉下来的一团团晦暗光焰，随着风暴一起翻飞。

安菲萨说了一句什么话。柯利亚没有听清，只朝她看一眼。安菲萨面色如土，只有她那双眼睛又黑又亮，露出紧张神色，朝崖头上望去。崖上面风哮肆虐，杂草贴着地皮朝一个方向倒伏。

"你说什么？"柯利亚问道。

"太黑了……像夜间一样！"安菲萨大声叫喊说，"我们下雨前还能攀上去。别着急！"

柯利亚想，她喊什么？什么样的夜晚？……嗅，对了。头上面是发了狂的天空，黑暗已经降临。暴风骤雨前的劲风驱走了最后一缕余晖。在地面上，奔涌沸腾的远方那快速暗淡下来的血色反光，尚能依稀可见。

但愿大雨千万别现在到来。如果倾盆大雨真的下起来，那他们必死无疑。在如注豪雨的冲刷下，黏土变软，顺坡向下滑动，大块大块坍塌下去。他们也无法立足，必然随之滚到沟底。在沟底，大地上雨水汇成的泡沫飞溅，翻滚不停、不断上涨的浊流，奔腾喧嚣，直泻而下，必然把他们卷走，使他们葬身水底。

他们意外遇险的严重局面以及他们束手无策的处境，柯利亚心里十分清楚。或许正是因为危险突如其来，他又不大相信危险会如此之大。

这是梦境么？他想到这一点，气得直哼哧，此刻第一颗暖烘烘的雨点落在他的手上。

"你想什么？"安菲萨大声说，"这不是雨点，这是从你头上流下的汗水。"

直到这时，柯利亚才明白，是一滴汗珠掉在他的手上。

沟坡越来越陡峭。崖边上现出库泽亚蓬头垢面的大脑袋，他伸下一只手帮助安菲萨和柯利亚爬上来。

柯利亚深深地呼了一口气，朝雷雨步步逼近的方向看了一眼。终于得救了！但什么也没有来得及说，天空被闪电切割成枝杈般的碎块，接着整个地平线响起沉重的爆炸隆隆声。

"那边有窝棚，是个窑洞！"库泽亚朝田里指着大声说。

他们抓起测杆和其他工具，迎着像一面铅灰色墙壁般的豪雨，朝窝棚奔去。当他们刚刚跳进土窑，只差几步之遥，暴雨便哗哗地

追踪倾泻下来。

安菲萨一屁股坐在陈腐发霉的干草上，合上了双眼。柯利亚与她并肩坐下，怯生生地抓住她的一只手。安菲萨轻轻地朝柯利亚划破的手指哈气，极力地爱抚他，安慰他。

"好刺眼的闪电!"安菲萨说，"我闭起眼睛坐着，还把眼睛刺花了。"

大雨如注，呼啸喧闹，益发猛烈。到处散发潮湿的土腥味儿。风已渐停，单调的哗哗大雨声中，又加进来一种新的声响，那就是沟壑中奔腾宣泄洪流的咆哮声和拍击声。

洪水不停地上涨，不停地冲刷沟坡。坡上黏土一片一片坍塌下来，掉在水流之中。洪水一瞬间以一股接一股的混浊激流冲刷黏土块，卷进旋涡，不停旋转，溶进浪花，泡沫夹着一只淹死的黑色寒鸦，冲向下游。

"暴雨还要下多久?"安菲萨突然问。

"我也不知道。"柯利亚答道。

"那么你愿意雨下得很久?"

"是的!"

只要坐在这间土窑里，能眼望安菲萨那张被微弱的闪电缓缓照亮了的姣好面容和她乌黑的细眉毛，即使大雨一直下到明天早晨也无所谓。夜里总会回到小城，明天夜里肯定是月明之夜。

大雨直到夜色朦胧时分才停息，他们打赤脚回家，黏土粘脚，一步一滑，很难行走。湿透了的土地寒气袭人，安菲萨围着湿漉漉的头巾，直打哆嗦。

鹌鹑在雨水洗过的草丛中争相啼鸣。乌云移向北方，依旧雷鸣闪电，把一面墙似的黑色大雨倾注于几个寂寞的荒村。在南面，夜空清爽洁净，泛出蔚蓝色的光泽。

他们进城时天色已晚。河水在陡峭的两岸间瓮声瓮声地喧嚣轰

鸣。街道上撒满残枝败叶的水沟中泛起油亮的光泽。整个小城让暴风雨搅得乌七八糟。

他们先到尼娜·波尔费里耶夫娜的家，但她不在。玛丽耶夫娜说她去了尼古拉·尼基季奇的家。

"会出什么事吗?"安菲萨吓了一跳。

玛丽耶夫娜抱歉地看了她一眼，没出声，因为她没听清。

安菲萨转身跑出门外，柯利亚随后跟她出去。库泽亚拿不定主意是否跟他们去，而后慢吞吞地回家去了。

雷雨折断树枝，妈妈家的篱笆墙恐怕也倒坍了。他一边踢路上的断枝，一面想着。

每下一场暴雨，篱笆总要倒塌，库泽亚就得修理一次。真烦人!

在小城的主干道上，库泽亚见到很多被雨水冲出来的大块鹅卵石，从房顶刮下来的锈渍斑斑的白铁皮横在马路上。于是他打了个胡哨——事情糟透了。

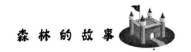

🔔一株老苹果树🔔

事情果真糟透了。尼古拉·尼基季奇刚刚躺下休息，河对岸就传来一阵隆隆闷雷声。尼古拉·尼基季奇极不情愿地勉强站起来。不知怎么的，老毛病胃溃疡又复发了，隐隐作痛。本应该找尼娜·波尔费里耶夫娜瞧瞧病，但她说"不做手术不行。"六十多岁的人了，还要做什么手术！不做手术，对付着活吧！只要注意保养，不搬重物，不干重活，也就行了吧。

尼古拉·尼基季奇关上炉子的烟道盖，走出去站在台阶上朝天上密布浓云看了一眼，摇了摇头。他见过多次暴风雨。而这次让他特别不安。这片黄乎乎的乌云，像一团脏兮兮的棉絮，冒着浓烟，不断延伸扩展。

雷雨云层很低，唉，必将骤然哗哗地铺天盖地落下来。尼古拉·尼基季奇这么断定。

他又朝小城环视了一阵子。各家的玻璃窗，仿佛睥睨这片脏兮兮的乌云似的，郁郁地闪光。几只寒鸦由于惊惧而张大嘴巴从河对岸径直钻到顶楼藏身。有好几个女人在篱笆墙近旁惊慌地彼此呼应。

河那边，一列货车从雷雨来的方向缓缓驶来。火车头冒出来的团团烟汽直冲而上，在青石板一样的天空中显得异样的灰白。

尼古拉·尼基季奇转过来看看自家花园。有一种情况很久以来一直令他担惊受怕，那就是近 3 年来，沟壑已经逐步逼近他的花园。有一段篱笆已经倾斜了。当年尼古拉·尼基季奇开垦这座花园时，这条沟离篱笆至少有百步之遥。

"可千万别把花园毁了。"尼古拉·尼基季奇这么想。

今年夏天他多次绕着这条沟走，筹谋着该怎么办。他发现有一条雨水顺水沟距离另一条通向小溪的沟壑很近。于是尼古拉·尼基季奇头脑形成一个计划，即把这条顺水沟开个口子，修条渠道，一旦下暴雨，使雨水流向另一条沟。但这样做问心有愧，因为另一条沟坎边上还有一座别人家的茅屋。尽管是一幢无人居住、门窗封闭的房子，毕竟不大妥当。

当尼古拉·尼基季奇正在思忖此事之际，大片乌云蔽日，并快速逼过河来。贼溜溜的闪电使人睁不开眼睛。接着倾盆大雨直泻而下。

尼古拉·尼基季奇倒退了几步。他觉得，从天空直泻而下的雨幕中有一个灰白色的东西朝花园猛扑下来，好像几匹白马老在同一地方东突西窜。

此后，他听到一阵轻轻的撕裂声，发现篱笆墙慢慢地朝深沟那边倒下去。

"冲倒了!"尼古拉·尼基季奇喊了一声，把鸭舌帽朝前拽拽，拉上褪了色的棕色皮夹克，抓起一把锹，冒着大雨，弓起腰，通过花园朝顺水沟跑去。

顺水沟里脏水奔流。尼古拉·尼基季奇跳过顺水沟，跌了一跤，滚了一身泥浆。他赶忙爬起来，急忙挖掘通向邻沟的渠道。现在，处于大暴雨的情况下，谁也不能阻挡他这么做。

土很黏，一个劲地粘着铁锹。工作进展很慢，距邻沟还有二十

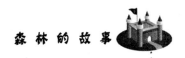

多步之遥。

雨水顺着帽子流到脸上，遮住双眼。尼古拉·尼基季奇看不大清楚。他忽然想起安菲萨，停了手。哎，他们是在野外，还是在那些该死的阿达莫夫沟壑呢？他们会不会遇上大雨呢？大概不会吧！他们毕竟不是小儿了，总会找个地方避避雨吧。

尼古拉·尼基季奇用湿漉漉的袖子揩一把脸，朝花园一看，篱笆全都倒坍了，雨水向新土那边冲去。

尼古拉·尼基季奇扔掉铁锹，看见那棵老苹果树后面有一大片土地塌陷下去了，苹果树也倾斜下去，在裸露的新土里，相邻小苹果树的黑色根须也露出来了。大小树的根须竭力保住这片土地，但力不胜任，土地终于坍塌下去。老苹果树倒了，水在树冠上奔流，树干浸于水中，露出了盘根错节的根部，它转动着，顺着深沟游走了。树撞到岸边，勾挂住了，但急流又把它冲开，带着它流进大河。

"我的安菲斯！"尼古拉·尼基季奇大喊一声，便跌跌撞撞朝家走去，把铁锹插在地上。

他走进自己的小房间，全身湿透，浑身粘满泥浆，就和衣躺在木沙发上。他上腹部剧烈疼痛。一会儿疼得轻一点，过一会儿又痛起来。起初，隐隐地痛，而后越来越厉害，疼得他叫起来，继而又轻了一点。

尼古拉·尼基季奇觉得，当雨水开始冲刷一棵新苹果树的时候，胃痛再次发作；当大水把苹果树从地里连根拔起的时候，就痛得厉害；当树根喀嚓喀嚓折断的时候，他忍不住痛得叫起来；当大水把树冲走，带进深沟以后，又稍有缓解。只要雨水再次冲毁一棵新树，疼痛就又一次降临。

大雨终于停息了。尼古拉·尼基季奇的邻居，一位好心肠的好奇女人，朝花园望望，看大雨冲毁什么没有。她双手一拍，哎呀，

家园的故事丛书

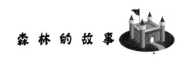

我的老天爷！半个花园没有了！栽培花钟的花坛眼看就要塌掉了。

安东宁娜·瓦西里耶夫娜走进屋来。尼古拉·尼基季奇躺在沙发上，面色如土，全身泥乎乎的。痉挛使他的白胡子都翘了起来。

安东宁娜·瓦西里耶夫娜急忙去找尼娜·波尔费里耶夫娜，她提起裙襟，急不择路，深一脚，浅一脚，从水泥中趟过去，直奔医生家。

当安菲萨同柯利亚跑回到家的时候，家里已经人去房空。房门虚掩，并未上锁。安东宁娜·瓦西里耶夫娜告诉他们说，尼古拉·尼基季奇得病了，她把尼娜·波尔费里耶夫娜请来了，确诊为胃溃疡，决定入院做手术。现在情况怎样，不得而知。

医院里悄然无声，走廊的灯光暗淡。尼娜·波尔费里耶夫娜从手术室出来迎接安菲萨和柯利亚，她身穿白色罩衫，用她那双近视眼严肃地看一眼安菲萨，抓起她一只手说："我们到里面去！"就把安菲萨带到她的办公室，并关上门。

柯利亚一个人留在候诊室。当他听见大叫一声，就想进入尼娜·波尔费里耶夫娜的办公室，但又没敢。

一位熟悉的护士走进来，向柯利亚点点头，从柜橱里取出一床洁净的床单，打量它的长度，自言自语地说：

"给他用正好！"

"柯利亚！"尼娜·波尔费里耶夫娜从屋里叫他。

柯利亚推开门，见到尼娜·波尔费里耶夫娜坐在外科手术台前的皮沙发里，两手放在安菲萨的肩上。安菲萨躬腰低头坐着，两手搂着沙发，两条辫子垂地。她深深咬住一条辫梢。柯利亚听到轻轻的声音，好像在呻吟。安菲萨强忍着，否则真要放声大哭一场。

"柯利亚，"尼娜·波尔费里耶夫娜沉着地用眼光示意安菲萨说，"麻烦你把安菲萨领回咱家。好好照看她……"尼娜·波尔费里耶夫娜停了一会儿，"从今天起安菲萨就住在咱们家。"

"不用!"安菲萨摇摇头,低声嘟嘟囔囔地说,但马上又抱住尼娜·波尔费里耶夫娜的脖子,紧紧地贴在她怀里。

"哎,一切都会过去……"尼娜·波尔费里耶夫娜摘下眼镜,不停地抚摸安菲萨的头发。"你已长大成人了,自己什么都明白。我不再安慰你。你不仅是我的也是柯利亚的亲人。我想,我们在你眼中也不是外人,对吧?"

安菲萨没有答话,只是更紧地偎在尼娜·波尔费里耶夫娜身上。

回到家里以后,柯利亚开头不知道怎么安慰安菲萨才好。后来才明白,她哭得越厉害会越感到轻松。

柯利亚一直等待尼娜·波尔费里耶夫娜,可是她一直没有回来。安菲萨哭累了,一声不响倚在沙发一角,睡着了。柯利亚拿一条毛毡给她盖上,熄了灯,便走出来。他到邻室找一个通过敞开的房门一眼就能看到安菲萨的位置坐下来,一直等到黎明时分,尼娜·波尔费里耶夫娜才回到家。

隔了一天,尼古拉·尼基季奇就下葬了。在葬礼之前,安菲萨来到被大水冲得支离破碎的花园,竭力不看新塌坍之处,快速摘下花钟上所有花朵带走了。

下葬那日,是阴天,但很暖和。

葬礼之后,尼娜·波尔费里耶夫娜邀请斯梅什利亚耶夫和阿布拉姆·鲍里索维奇喝茶。两位欣然同意。在来的路上,斯梅什利亚耶夫说:

"我这些年经历了很多事情,可以说久经风雨,从来没有见过这样厉害的暴风雨。"

"我虽说见惯不怪,习以为常了,"阿布拉姆·鲍里索维奇补充说,"但是每一次暴风雨来临,都心里没底。"

"俄国人民都是理想家,"斯梅什利亚耶夫说,"全部历史可资

森 林 的 故 事

证明。就拿白水移民和吉特什的传说（白水和吉特什都是民间传说的极乐世界），都是在寻找正义和幸福，从拉辛（俄国农民起义领袖）到今天，直到革命前。又比如说，尼古拉·尼基季奇，同样也是一位有理想的人。沟壑把他毁了。也许他死了，算他有福。花园彻底毁了，他也难以活下去。

"这是他的命根子！"阿布拉姆·鲍里索维奇叹了口气。

"是的，这些沟壑……"斯梅什利亚耶夫若有所思地说，"这次暴雨毁掉多少良田！我已测出这里每年大雨要从每公顷土地上冲走5吨肥沃土壤，致使每公顷土地减产300千克粮食。"

"可观的数字！"阿布拉姆·鲍里索维奇气冲冲地说，"那什么时候才能算完呐？"

"很快。秋天便着手在沟坡上植树造林，经过几年之后，就会变成丛林，再也不会有坍塌现象了。"

"安徒生的童话！"阿布拉姆·鲍里索维奇喃喃地说，一个劲摇头，"我根本不信！"

大家坐在门厅饮茶，门厅一角放着几桶无花果。天空，太阳透过厚厚的云层，好像一个小白点。

安菲萨不想喝茶，走到园中小亭子里。她坐在一条板凳上远眺河对岸田野，不时擦去滚下的泪珠。

"让她一个人呆一会吧，"尼娜·波尔费里耶夫娜低声对柯利亚说，"你也坐下来跟我们一起喝茶。"

饮茶时，尼娜·波尔费里耶夫娜说，她欣赏柯利亚醉心林业，她认为林业是最高尚、最有前途的事业。她问斯梅什利亚耶夫为什么选择这个职业。

"这是受我妈妈的影响，"斯梅什利亚耶夫说，"我父亲从前在莫斯科一家工厂当钳工。我们当时住列福尔托夫的临时宿舍。四周都是垃圾、尘土，连一根草都没有。我母亲是沃洛各达人。她每隔

家园的故事丛书

两三年总要回农村探亲。她总是带上我一块去。那里森林郁郁葱葱。我们到了乡下，稍事休息，母亲便穿上连衣裙，扎起辫子，像个姑娘似的，带我钻进森林。这一天，对她说不啻是节日来临。她坐在林间空地上，选草茎，独自笑容满面。她来到森林，就像与情人幽会似的，又高兴又激动。从那时起我就对森林有一种特殊感情。我认为，森林是自然力的最佳表现，也是大自然完善的最鲜明例证。"

柯利亚没有听入耳，他老是向花园那边张望，安菲萨的黑头巾在簇叶之间隐约可见。柯利亚觉得，安菲萨现在非常悲戚，但也非常美。

柯利亚总觉得，安菲萨常住他家，似乎是一种虚妄不实的事情。一想到总会有那么一天，连这间房再也听不到她的莺声燕语，有那么一天听不到她踏上台阶发出来的吱吱响声，再也见不到她的音容笑貌，他觉得毛骨悚然。

柯利亚每逢夜间醒来，总是竖起耳朵，好像能听到隔壁安菲萨的呼吸声。他翻转身，面对窗子，仰望夜空。一颗颗星星，照进房间，既照着他也照着安菲萨。在星际之间存在着一种寅夜独有的安谧寥寂、宁静致远的情调，任凭用什么样的词藻也无法表达出来。

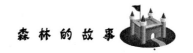

河　灯

作家列昂节夫在斯维里河口附近那片人迹罕至、沼泽连片的森林地带狩猎 10 天后，刚刚回到列宁格勒。他在那无法通行的迷宫般的密林中大口大口地呼吸了沁人心脾的冰冷空气，在篝火旁受够了烟熏火燎，直到现在，他意识中仍保留着前不久所体验的万籁无声的寂静。在列宁格勒这里来看，森林中的寂静仿佛是虚妄不实的东西。寂静虽各有不同，但森林里的宁静寂寥，在列昂节夫看来是绝对的悄然无声。

每一次冲破绝对的宁静，不论是远方湖中行驶轮船的汽笛声，或者鸦雀鸣啭，还是枪击声脆，都能激发种种想像力。

轮船的笛声阵阵对列昂节夫有特殊吸引力。他特地长途跋涉到拉多什湖滨，尽管拉多什湖离他暂住的村子路途遥远。

这是一个孟春的傍晚，已进入北方的白夜，太阳失去了昔日光辉。列昂节夫来到湖畔。湖周边的一切显得那么明净皎洁，那么虚无飘渺，宛如世外桃源——无论是湖滨沙滩，还是光滑如镜的湖面，或是每一块空旷地面所泛起的如烟雾霭。一艘轮船在湖中缓缓行驶，列昂节夫久久注视着轻捷的船体，虽然已是白昼，船上仍灯火辉煌。

这一带地方森林茂密，几乎渺无人烟。于是，列昂节夫再次明白一个道理，那就是他一生没有竭尽全力写作，他写出来的作品并不是他能够写出来的东西。他一生都在苦恼，他不能充分表达自己的心曲；他痛苦地意识到，他能够也应当写出人们需要的杰出作品。每当写完一部书，只要一收笔，他总觉得这是一本无足轻重、意犹未尽和无法弥补的坏书。

他诅咒自己，他只能作出致密周详的作品构思，但缺乏韧性，把它充分表达出来。

列昂节夫回到列宁格勒的头几天，在他的单身公寓坐立不安。他总想到外面去，到涅瓦河畔去。住在列宁格勒这样的城市，是他的福分，因为大自然已经融入城市本身，广场、楼房的山角楣饰与河滨街道已融为一体，连同空气和城市街道构成一道风景线。

傍晚时刻，列昂节夫正在城里悠然踱步，头脑里交替地想到五花八门的东西。首先他常责怪自己，由于惰性，他从来没有信心十足地投入写作，也没有融入自己的全部感情。他的书始终是按照"衰减曲线"的走向运作。这是一种令人烦心的想法，列昂节夫正在极力尽早排除这类思想。

此时正值暮春季节，弥漫全城市的春之情怀以及对漫长炎夏的期待，是如此欢快，使列昂节夫立即感到泰然自慰。

他久久伫立河滨，眺望涅瓦河彼岸，观赏浸沉在如烟似雾的光辉中那端庄肃穆的建筑群，观赏晚霞余晖以及那装点每个夜晚的最美景象——在暗绿色建筑群阴影上方不停闪烁，如同一滴水晶莹剔透的点点繁星。

一架飞机在高空掠过，身后留下一条雪样带子。雪带经久不融，好像从米哈尔伊洛夫城堡的尖顶一直延伸到那颗星星之上，如同通向宇宙空间的一条空中通道。

每当列昂节夫目睹一种平凡又美好的事物时，总会体验到一种

说不清楚的无名忧伤,现在这种伤感再次袭来。他竭力查找原因,他突然醒悟了,这种情绪不是忧伤,而是一种特殊心情,愉快而有益的心态。只因自己的惰性心理,我们才把它叫做忧伤,而不愿花费时间和精力去加以分析。其实,早就应当这么做。

而后,他断断续续地想,正是在人类这种矇矇眬眬的心态中蕴涵着特殊魅力。诗歌也由此产生。

你是幸福!

你是早年的欢乐!

你是我往昔梦想的春天……

列昂节夫作为散文作家,就其本质而言,他是一位因循守旧、言简意赅和质朴无华的人,他认为诗是一种魔术。他钦羡诗人并不断赞扬他们具有一种随时采用新的形式,出其不意地、毫纤毕露地表达出早已熟知的感受的本领。

列昂节夫不慌不忙地踱步,穿过列宁格勒城区。西北方晚霞永远不会陨落,而东方早霞已经冉冉升起。他喜上眉梢地想到,这就是迎着朝霞,迎着一种新生活。"迎着朝霞"这词语也并非是牵强的、陈腐的比喻。如果仰望碧空和晴空闪闪的金光,你就不由自主地心潮澎湃,好像面前确实幸福在等待你。这种幸福包容在清澈明净的夜空,包容在河上灯火的微光中,也包容在四层楼房高处敞开窗子里传来的童稚欢声笑语当中。

"见鬼去吧!"列昂节夫想,"哪里来这些想法,怎么能理得清呢?!"

他唯一能感受到的,是这些快速交替出现的思想所引起的一种激情。但这些想法当中的主要之点,他既没有捕捉到,也无法用语言表达出来。

他知道,一旦这种杂乱无章的犹如昙花一现的想法和印象变得清晰可见,写作时刻便到来了。当每浪费掉一分钟都觉得是一种灾难的时候，写作的欲望高涨了。那时，这类散在的想法形成一股细流，涓涓流进故事叙述所限定的严整花岗岩两岸之间。

令人叫绝的是，周围的一切，与这朦胧的夜、这朦胧的光是那么协调——无论海军军部大厦的尖顶上暗淡的反光，还是玻璃窗上反射的淡淡霞光，时断时续的人声，乃至人们的外形外貌均融为一体。

瞧，过来一位老者，没有戴帽子，倒背两手，是一位著名学者。他伫立在河畔，久久注视黑黝黝的货轮——它停在涅瓦河码头边。他大概感到奇怪的，是这些用暗色硬木料做成的驳轮，现在看来，在白夜微光下显得那么轻飘飘的，像影子一样。或者，你看那位身穿朴素黑衣裙的姑娘，她坐在河边石砌斜坡上，低低地弯下身子，借助正在慢慢消逝的最后一点光亮读一本书。

"她读什么书？"列昂节夫想，他停下脚步想要问问这位姑娘。此刻姑娘转过脸来，用那双满含痛楚、大得连炯炯有神的瞳仁四周细嫩眼白都分明可见的眼睛，看了列昂节夫一眼，便把书啪地合上了。这样，倒是不必发问了，书封面印着：《苦难历程》阿列克赛·托尔斯泰著。姑娘站起身，沿着河滨走去。列昂节夫看她的背影，她还是个小姑娘，纤细的身材，瘦削的两肩，稚气的小辫子。

列昂节夫整夜在岛上徜徉，长时间坐在岸边浮栅上。涅瓦河水流湍急，把水草冲刷成绿色线状。天变冷了。夜雾如灰蒙蒙涓流般，一股一股地悄然从公园爬出，渐渐地弥漫了河面。四周已无人迹。

此刻，列昂节夫终于弄明白了，他的所有的千头万绪的想法，究其实质是对国家的思考，是作为千百万人民中的一分子，作为国家一员的思考。列宁格勒是国家的最佳面貌之一，列宁格勒的一切，包括微末小事都标明过去、现在和未来的俄罗斯。

此刻，列昂节夫已经知道他该写什么，那就是写俄罗斯。他现

在似乎觉得，俄罗斯是一个广大辽阔的诗情画意的世界，而这个世界，诗人、作家和画家尚未充分表达出来。能否完全表达出来这种诗情画意呢？当然不能。因为它是无穷尽的。他应在所有描写俄罗斯的作品当中，加上自己的一份贡献，表明自己对祖国的一片真情，一份爱，表达对时代、对亘古未有的和美好幸福的时代的个人感受。

那么他将采取什么样的方式？这一点已无关宏旨，他深知如何做到。

他伏下身子，捧起涅瓦河水洗把脸。河水有点草腥味，还有点铁锈味。

列昂节夫站起来，用手帕擦脸。冉冉升起的旭日一缕光辉照抚着他的脸。他由于感受到晨曦的暖意而笑逐颜开。

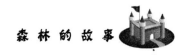

旅行指南

黎明时分，轮船搁浅了。轮船长时间进进退退，不停运转，船尾部卷起阵阵浪花，仍然退不出浅滩。

奥卡河一刻不停地猛力冲刷河中浅水区的沙土，看上去好像河底的沙土随着水流向下游流淌似的。

轮船沉重地搁浅了，汽笛求助似地苦苦哀鸣，大家都明白，鸣笛也无济于事。于是笛声很快停息了。只好静候有顺流而下或溯流而上的拖轮经过，能把轮船拖出浅滩。然而，此刻河面空空如也，连个船影儿都不见。

航标守护员听到汽笛声，应声到来。他发誓说："司炉号拖轮拖着4艘油槽驳船昨天晚上从此处通过，根本没有触到河底。"

"这条河没准儿！"守标员抱歉地对船长说，"河水把沙带拖来拖去，已经不停地拖了两年。我差不多每天都测量浅滩，也几乎每天移动船标。可怎么也赶不上河水的变化！你刚刚回头一看，瞧吧！它又把沙带堵住整个航道！"

"我特地在扎列斯耶停了一阵子，"船长沮丧地说，"以便天黑点灯前通过这该死的浅水滩。啊呀，你瞧，就这么通过了！"

安菲萨站在甲板上，胳膊肘搁在船舷栏杆上隔河眺望黄花遍开

65

的陡峭河岸。河岸轮渡信号杆上挂起黑球（白球表示可航行，黑球不可航行）。信号杆下有一只长毛狗，朝轮船张望。每当安菲萨看到它的时候，狗便摇着毛茸茸的尾巴，轻轻吠叫，犹豫着不敢跳下崖来。

"是你的狗么?"船长问护标员。

"是我的狗，名叫'女王'。它特别喜爱看轮船，可以这样看一整天。但不喜欢摩托艇。一看到摩托艇，就声嘶力竭地吠叫。它到底为啥讨厌摩托艇，我也没弄明白。"

"总会有什么原因，"船长说，"不会无缘无故的。"

"自然，不会无缘无故的。"护标员高兴地附和船长的意见。

船长说什么，他都乐于赞同，只是千万别提航标放置不准以及轮船搁浅这样令人不快的话题。在他内心深处，也说不准轮船搁浅是他的过错呢，还是与他毫不相关。

或许，确实没有过错，他毕竟不能两个小时就测量一次水道的深度，挪动一次航标吧!?

近年来，这条河根本不遂人意。谁知道河里水多还是沙多!瞧，就在一个月之前，有一条平底船在布利什尼·波良搁浅了，如今在其周围冲积成一个沙岛，淘气的孩子们在此设底钩钓起鱼来。

"那么，在大平底船周围，"船长问，护标员打了个寒颤，又要旧话重提了，"布利什尼·波良搁浅的那只船，大概长了蒿草树丛了吧?"

"不错，长了!"护标员心甘情愿地随声附和，虽然他知道什么东西也没有生长。

他沉默一会儿，终于向船长提出心中多年不安的问题：

"我爹以前是船老大，河越来越浅，他老发脾气。他说这是工程师的过失。应当拦河筑坝，堵截洪水。要想正常调节河水，他说没门! 我看，这都是空话。"

"为什么是空话呢？"

"我认为，不是调节问题，而是大地不断地干枯了。水究竟跑到哪里去了，谁知道了！"

"你胡诌些什么！"船长恼怒地说，"你家老子说得对，大地上的水是不会减少的，不是下雨便是下雪。至于说调节自然界的水，那是个馊主意。5月份发大水，春汛可以淹没10千米，1个月之后又进入枯水期，鸭子都可以涉水过河。"

"对呀！"

"为什么出现这种现象呢？你没明白么？因为周围光秃秃的，"船长朝沙土两岸摆摆头，"光溜溜的！我在这条河上已经航行了35年。这里从前什么样子，忘了吗？"

"森林，当然，有过森林，"护标员迟迟疑疑地说，"好大一片森林！高耸入云。"

"正是这样！森林能蓄水，滋润土地，常年向河流供水。只要有森林，我们什么堤坝都不需要，明白了吧？"

"明白了！"护标员喃喃地说道。

安菲萨听了他们的一席谈话，又想起了柯利亚·叶夫谢耶夫。今年夏天，柯利亚在列宁格勒城郊一带园林实习。安菲萨怎么也想像不出那里有什么工作要未来的森林学家去做。

去年冬天，安菲萨是在莫斯科度过的，在戏剧学院学习。她住在果戈里大街的大学女生宿舍。她很快就喜欢上莫斯科了，它的冬季的雾霭、它的辉煌灯火以及它的拥挤嘈杂。她还学会了与同伴们凭出入证混进剧院的诀窍。她喜欢学院的博大精深的教学，也喜欢有关艺术和近期上演戏剧的争论，哪怕争得面红耳赤，争得泪珠盈眶。她喜欢教师一个劲儿、没完没了地增加实践作业，从练声、练气，直到练剑。

"要想当一个好演员，几乎应当知道一切，通晓各种知识，还

要倾注自己的全部感情。"学院的座右铭如是说。为此，安菲萨博览群书，跑遍了各类博物馆。

安菲萨的助学金入不敷出，课余尚需做点工——在一个剧院布景室画布景。剧院的画师大概有点懒惰，把许多工作都推给安菲萨，增加了许多负担，所以安菲萨疲倦不堪。

当彩排时，布景首次布置在舞台上，试射灯光时，一切付出都得到了报偿。五彩缤纷的闪光，时而姹紫嫣红，时而金光闪闪，时而蔚蓝靛青。导演与画师的刺耳吼叫，他们之间那习以为常的争吵，布景画散发出的干油味，乐队排练曲调片断的喧闹声——所有这一切，安菲萨声声入耳，通通喜爱。她尤其喜欢那空无一人、没有照明的黑洞洞的剧场。无论何时何地，也没有在此时此刻那么强烈地感受必将到来的节日般欢欣。再过数小时，这间幽暗的剧院大厅，将会旧貌换新颜，灯火通明，金碧辉煌，乐队的声响直冲大厅圆顶。剧院中轻风吹动着舞台的帷幕，戏剧终于开幕了。那是令人惊诧不已的场面。对此，久久难以习惯。

安菲萨与柯利亚极少通信。

柯利亚请她到列宁格勒度暑假。安菲萨原本准备成行，后来又改变了主意，决定与她的好朋友、同窗女友塔塔·巴济列维奇结伴，用两周时间从莫斯科到卡赞乘轮船往返旅行。

"我旅行归来之后，倘有时间，必定前去列宁格勒会面"，她这样决定了，尽管她十分清楚，空余时间不一定有。

一位体魄健壮的老人走上甲板。他皮肤晒得黝黑，微微谢顶，胡须花白，一双安详的眼睛眯缝着。他是列宁格勒作家列昂节夫。轮船刚刚驶离莫斯科河上码头，安菲萨和塔塔便与他认识了，很快成为朋友。他是一位寡言少语的人，不善言辞，但总是笑眯眯的。

"搁浅了？"列昂节夫问道。

"搁浅了！"

"我喜欢在河上航行,"列昂节夫意味深长地说,"有一句老话,急急忙忙,寿命不长。"

他坐在船尾的藤椅中,点燃烟斗,一如平日那样,埋头读书。他总是看那一本很厚的大书,书名:《俄罗斯·祖国地理详述·旅行指南·俄国中央黑土带》。

列昂节夫在小桌子上摊开地图,眼睛不时离开书本去查地图,同时眯起双眼以防烟斗冒出来的烟熏了眼睛。他间或在一本厚厚的绿皮笔记本里做摘录。

列昂节夫在甲板上读书和工作,想必如同在他独身房间里一样安然。什么事情都妨碍不了他,不论是旅客的高谈阔论,还是塔塔·巴济列维奇不停的嬉笑,或者轮船停靠和离开码头以及迎面驶来的轮船擦身而过。

列昂节夫默默无言地融入轮船上的旅途生活。他不时放下手中的书,眺望两岸景色。他正在观赏峭崖上村姑们从草垛上把干草一捆一捆地装上大车,目送轮船大声热烈地讲着什么,她们的雪白牙齿在阳光下闪着银光。随后,草垛和村姑在转弯之后全都消逝了。轮船驶近旋开桥,鸣笛减速。

桥匆匆旋开,轮船驶过窄窄的桥洞。旅客都伫立在船舷两侧,列昂节夫站起来,也向船舷走去。

桥上干草狼藉,有几匹马在打盹儿,小伙子用两个指头放在嘴上打胡哨,姑娘们挥动手帕。一位胡须蓬松的摆渡人,手持带钩的竹竿,大声谈到:

"没见到'雷列耶夫'号船么?"

"随后就到!"船桥上有人回答。

"我的女婿在那里当技师!"

"干什么的?"

"我说,女婿是技师!"

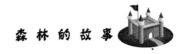

"我们恭喜您，老爹！"

摆渡人不以为然地摇摇头。轮船驶过了大桥。河浪欢快拍打、撞击大桥，姑娘们尖叫着撩起衣裙，马匹竖起耳朵朝后退。系在桥上的平底船同时左右飘摆。轮船开足了马力加速前进，船尾留下一片滚滚浪花。

船上乘客都安静下来，列昂节夫也回到他的藤椅上坐下。船上机器单调地轰响，草原上三叶草气味阵阵袭来，催人欲睡。列昂节夫也打了个盹儿。大约睡了几分钟，醒来以后，河湾后面正晌午那云母般透明的轻烟薄雾当中，呈现出古柳树梢头和木杆——某一村庄屋顶上的天线。苍穹之间，一架飞机飞过河流上方，在碧空中留下了羽毛状的划痕。

列昂节夫慢看细读的那本《俄国地理详述》，还是值得好好研究的。

19世纪末，彼得堡出版商杰夫里延开始出版描写俄国地理的多卷丛书。丛书编写工作由著名地理学家谢苗诺夫·天山斯基领导。每一卷描绘一个省或州，每卷都附有众多的插图和照片。

这部浩瀚巨著的引人入胜之处，除了一般性描述每一个省、州及其河流、湖泊、土壤、气候、动植物、历史沿革、文化习俗、居民职业之外，还极为详尽地描述每个城市，直到微不足道的"编外"城镇，乃至所有乡村。

按照列昂节夫的看法，这套丛书至今仍很有意义，尽管不辞辛苦的编纂者们由衷偏爱宗教古风陋习、市集和地主庄园。

列昂节夫也不刻意计较《指南》编者这类弱点，他在书中发现许多有用的和意想不到的东西。总之，它仍不失为第一部俄国地理百科全书。本书概括地介绍了俄国工业发展、兴建铁路和开发顿涅茨煤矿时期的国内情况。

列昂节夫从书中摘录许多片断，连他自己也拿不准是否对他写

作有用。他只觉得这些片断挺有意思。例如——

"沃罗涅日河流域宽广，流经3个县（科兹沃夫、利佩茨和兰宁堡），河边有一个村子叫旧卡津卡，19世纪初，归地主伊万·格拉西莫维奇·拉赫曼尼诺夫所有。这位姓拉赫曼尼诺夫的人士，是伏尔泰的崇拜者，又是伏尔泰作品的译者。1788～1789年间，拉赫曼尼诺夫作为近卫骑兵军官，还办了一份《晨钟》杂志和一家印刷厂。他退役后，印刷厂迁到卡津卡。1795年，由于科兹洛夫县的书刊检查官告发，印刷厂被查封，拉赫曼尼诺夫也受起诉。但不久，印刷厂和书库被付之一炬，拉赫曼尼诺夫也因此获释。"

"伊万·格拉西莫维奇的侄儿是位杰出的学者，基辅大学力学教授。"

"目前，拉赫曼尼诺夫家族又出了一位年轻的天才音乐家，即歌剧《阿列科》和许多作品的作者。"

列昂节夫笑了笑，又翻过几页，重新摘录——

"在美丽的美恰河口溯流而上7俄里处，有个村子叫特罗耶库罗沃。村里有居民3000余，教堂两座，小铺数个。据列别江修道院保存的追荐亡人名单证明，17世纪末，特罗耶库罗沃系伊万·特罗耶库罗沃公爵领地，他是彼得一世青年时代的侍从。他曾被任命为近卫兵衙门的统领，需要处理各种事务。1695年，一名男子被带来晋见特罗耶库罗沃时，高喊救命不迭，声称他有话'面禀皇上'，经特罗耶库罗沃审讯，他说，如果资助他并按照他的指点做一对翅膀，他就能像'仙鹤一样地飞翔'。'遵照大君主的圣令'做成了一对翅膀。那个男子绑上翅膀，划个十字，吩咐用风箱猛吹翅膀，可惜他依旧飞不起来。他说翅膀太沉，又恳求特罗耶库罗沃准予再做一双，只需花费5个卢布就够用。但公爵'翻脸不认人'，下令把那个想当仙鹤的男子痛打一顿，并处以18卢布罚金，拍卖他的家产。"

森 林 的 故 事

列昂节夫摘录到这里，笑了笑说，多么了不起的人民呀，他们不安分，富有天才，心灵手巧！应当明白，如果再给这个男子5个卢布，说不定会有什么结果呢。

列昂节夫泛读《俄国地理详述》这类书的时候想，出版同类描述俄国地理概貌书籍的时刻已经到来。应当是系列丛书，内容包括各省州、边区、所有城市，生活中新出现的集体农庄、村庄、新建铁路线、水坝、电站、公路干线、工厂、运河、禁伐林以及凭人类双手修建巨型人工湖，国家每一个角落都有新的实质性变化，新的历史、新的人物，以及革命造就的俄国平原的新地理。当然，对于既往历史的描述、艺术古迹以及各地历史描述也不能排除在外。

《俄国中部各省州》卷的《前言》中，在这一地区出生的杰出人物有巴拉滕斯基、秋切夫、莱蒙托夫、尼基京、费特、屠格涅夫、列夫·托尔斯泰、列斯科夫、柏林斯基、戈洛夫宁上尉、画家克拉姆斯基、演员谢普金、将军叶尔莫洛夫以及许多名人，书中都自豪地加以陈述。

"我们呢？我们对同代人的生平业绩还不甚了解。我们也该搜集这个地区出生的学者、政治活动家、作家、工程师、军人、飞行员和旅行家的大名，在这张名单上续写下去。"列昂节夫这么认为。

于是他想起了巴甫洛夫、齐奥尔科夫斯基、米丘林、雕塑家戈卢布金、作家马雷什金、诺维科夫·普里博依、盖达尔、普里什文、维列萨耶夫、诗人阿谢耶夫、叶赛宁、画家阿尔希波夫……的名字。

这项工作需要作家、艺术家和学者共同来完成。每一位作家最好能研究俄国两三个地区，然后认真提笔写作。

这项工作需时多年，也是激励人心、意义重大的新工作。列昂节夫被他这一想法迷住了，但他为人处事很谨慎，暂时不能随意向人提及。去年冬天他订出版计划，今年夏天决定到一个什么地方住下，研究怎样使国家呈现其"本来面目"。

列昂节夫好狩猎又爱钓鱼，因而他选择俄国中部地区的一个森林密集区，那里尚存原始森林，并有湖泊和沼泽。

如今他乘轮船前往，行程越遥远，心里越觉得此行是必要的，前景更为诱人。

林区一向是使人心驰神往的地方，森林是他的激情，森林是爱恋。可能是因为他童年生活在伏尔加河左岸，那里是无林区，黄尘滚滚。由于常年干旱，土地已经烤干了。

有一天晚上，他与安菲萨、塔塔一起坐在船尾部甲板上纳凉，突然来了兴致，侃侃而谈，并讲了自己的身世。

他从来没有这样详细讲过自己。就连要求他为《百科辞典》写自传时，他也只写寥寥数语——

"我出生于以前的萨马拉省的农民家庭。3 岁成了孤儿，一个贫农收养了我。养父艰难地供我受了中等教育。17 岁开始自食其力，当过公路领班、土地测量员。22 岁开始写作。开头在伏尔加河地区报纸上发表作品，后来到了莫斯科和列宁格勒。"

如果列昂节夫没有见到安菲萨手中梅利尼科夫—佩切尔斯基的《森林里》这本书的话，他在船上大概什么也不会说。这本书勾起了他回忆往事，不觉之间打开了话匣子。

"您知道梅利尼科夫书中所描写的森林在哪里么?"他问起安菲萨，"他讲的卡尔任森林，早些年，茂密的林带从北方一直包围着俄国草原;而今森林只剩下几个孤岛，如切尔尼戈夫森林、布良斯克森林、梅谢尔森林、穆罗姆森林和卡尔任森林。卡尔任林带里的人既坚定顽强，又严肃认真，我的养父就是卡尔任人。"

"那您的生父呢?"安菲萨问道。

"生父和生母我都记不清了，我从 3 岁起就成了孤儿。家住原萨玛拉省彼斯恰诺耶村。一位获乔治勋章的退役士兵、性格孤僻古

怪的光棍贫农收养了我。他成天皱着眉头，郁闷不乐，对一切都不满；他一个劲儿地骂庄户人愚昧无知。他是一个不可思议的人，让人猜不透。不过他很有主见。他尊重科学，他说有学问的人好比橡木楔子，能劈开最难劈开的木头。"

"他到底是怎样供你上学的呢？"塔塔觉得挺奇怪。

"我没有受过系统教育，只是断断续续念点书。这些还是养父四处托人、挨门求助才得到的。他把人家的门槛都踩平了。他甚至置自己的尊严于不顾，不惜低三下四地向学区督学哀求。不过，这位老人很有性格，绝不允许人顶撞他。世界上就有这样的庄稼人，如果他头脑中有了先入为主的见解，那就别的再也听不进去。他不惜倾家荡产，卖掉最后一头牛，冬天只穿树皮鞋。他讨厌一切，诅咒一切，吃糠咽菜，仍矢志不移。这就是古俄罗斯人的倔犟性格。我养父是卡尔任人，后来村里人都叫他'卡尔任老倔'。我的童年时代，总的说是没有欢乐的童年，干旱、饥饿加上'黑色风暴'，结果，全村人无以生计而西迁，过了伏尔加河，到了那儿以后又各奔东西。我和养父到了片扎，他在当地做鞋匠。"

"他已不在人世了？"安菲萨问道。

"他早已过世。不过我的处女作发表的时候，他还在世。他把我写的小说从报纸上剪下来，贴在墙上，因为他觉得挺光彩，引以为荣。本应去养父墓地祭奠，可总是抽不出空来……是啊，"他沉默一会儿，又说，"没有欢乐的童年。当我来到这个世界上的时候，伏尔加河左岸的森林早已砍得精光，四周只剩下清一色干旱的草原。热风肆虐，热浪席卷整个草原。自从那时开始，我就不喜欢刮风，每当热风乍起，我真的就病了。旱魔逞凶，热风劲吹，谷物连根枯死，赤地千里。牛蒡草的茸毛满天飞舞，甚至蔽天遮日，朝着人的嘴巴、鼻孔乱钻，糊及满脸。牛虻成群结队围绕牛马飞舞。天晓得怎么回事！就连老母鸡也趴在地上，张口喘气！至于水，依旧从村边小溪流过，但只剩一条涓涓细流，人蹚畜踩，变得脏兮兮的，无法利用。血红的太阳整天高悬天际，红得吓人。庄稼人一看到太阳便破口大骂，每逢夜晚到来，情况更糟。晚上田野上乌云滚滚，但怎么也飘不到我们村庄，总是停在远方地平线上，闪电不断。到了早晨，乌云业已无影无踪。乌云不时伴着大风，我还记得，庄稼发出哗啦哗啦响声，是干巴巴的、枯死的、像洋铁皮般的声响。"

"噢……我记得有一年也遇到这样的旱灾，我们村来了一位游僧。他带着一个铁皮小箱子，为重建坦博夫省一座烧毁的教堂前来化缘。那个游僧瘦骨嶙峋，鼻子挺大，他的眼睛似乎可以把人射穿、看透。村里人都避开他的视线。他们说，你别看他，一看他就连气也喘不过来。我还记得，那个游僧使尽全身力气叫喊说：'你们数典忘祖，忘了上帝！正因为你们罪孽深重，上帝才把这片土地直到 5 俄尺深通通化为灰烬。你们快忏悔吧！不然庄稼都得燃烧，末日必将到来，一切都得毁灭。能逃脱者只有天上的鸟雀，它们到了别的省份，那里风调雨顺，细雨滋润大地！'"

"最初我们村里庄稼人都不买他的账，他们说'我们有什么好忏悔的！要说罪过，平平常常的人皆有的。我们的处境很糟，例如巴拉莫诺沃就比我们好（巴拉莫诺沃距我们村只有 6 俄里），但我们没有罪过可言'。然而，那个游僧还一个劲儿地喊叫，他说应当求雨，让全村老娘们和孩子代替马去耕田。"

"像中世纪一样愚昧无知！"塔塔说。

"不错，"列昂节夫表示同意，"我们村里当家的人们想了想，还是同意求雨，反正已经一无所有了。入夜，给老娘们和为数不多的孩子套上犁去耕地。"

"您也去拉犁了么？"

"养父督促我去拉犁。我们费劲地拉着犁；游僧和我们并列向

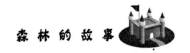

前，嘴里不停喊叫：'东正教教徒在祈祷，主啊！大慈大悲，拯民于水深火热之中！'后面跟着一大群人。灰尘、汗水笼罩着朦胧的夜晚。当晚也和往常一样，远方地平线上乌云滚滚，乌云被一掠而过的闪电搅得痉挛扭曲，地平线那边甚至不时传来隆隆雷鸣。当然喽，老娘们要下跪，不停地划十字，连连叩首。远方闪电越来越少，越弱，后来月亮从乌云后面升起，我们见到乌云是透明的，月光好像隔着筛子透过来。这时，'卡尔任老倔'狠狠啐一口，嚷起来了：这压根儿不是云彩，只是飘浮在空中的尘埃，那里面一滴雨水也没有！"

"大家扔下犁耙，便回了村，第二天一早，从巴拉莫诺沃来了一个神甫，还带一个帮手，想来祈祷上帝赐予甘露，沛然做雨。全村人手持幡旗，登上田野一个小丘（立在小丘上，天气晴好时可见到伏尔加右岸景色）。神甫用双手梳理头发，开始祈祷：'我们村庄全体村民恳求主啊……'一面焚香。火星从香炉中落在干草上，慢慢燃着了。庄稼人和老娘们双膝依旧跪地，忙着用手灭火。"

此后，神甫用圣水在地上洒了个十字。老娘们又哭又叫，把孩子揽在自己身上，乞求说：'救命啊，神父大人，别让孩子饿死！'我也跪在地上不停地划十字。我忽然听到幡旗猎猎作声和胡哨折裂声。猛然抬头，只见神甫双手执十字架，指向黑云滚滚而来的东方。黑云紧贴地面蜂拥而至，茫茫一片烟雾。神甫念念有词：'噢，东正教教友！上帝听见了我们的祷告！到十字架前来吧，兄弟姊妹们！'大家依旧长跪不起，像木雕泥塑一样，谁也没有朝十字架走过来。只有'卡尔任老倔头'站起来，对神甫说：'我说，你给我们招来了魔鬼，神甫大人！谢谢。'"

"这到底是怎么回事？"塔塔惊恐地问道。

"听我说下去。我眼见到，有几十股龙卷风沙在黑云前翻转奔腾直向我们扑来。太阳立刻发暗，狂风卷着尘埃在田野上猛然袭来。这是地道的黑风暴。幡旗刮得东倒西歪，灰土满天，两步开外什么也看不见，连一滴雨星也没有。只有风沙袭目，难以睁眼，天热得像你身边摆了个大火炉。大家都捂着脸，扑倒在地上，没法喘气。待第一阵旋风过后，有人跳起来嚷道：'神甫在哪儿？蛊惑民众，招来灾祸，这个长毛妖精！'大家四处找神甫，可在尘埃和风暴当中你上哪儿去找啊！后来有人说，有人看见神甫拿起法衣从村里朝伏尔加河边跑去，他那化缘箱叮当响，好像辕马串铃一样。"

塔塔笑了。

"唔……"列昂节夫叹了口气，"整片田地黄沙滚滚，庄稼烤焦了，树上叶子干枯了，卷成筒形。大家想了又想，就逃荒去了。整个村子迁到伏尔加河右岸去寻找生路。那个该天杀的地方呀！而今天，那里已今非昔比。现在你认不出我的老家了。农庄栽了农田保护林带，到处都有池塘，清新爽洁……"

列昂节夫不作声了，吸他的烟斗。两位姑娘也沉默不语，只是注视着河岸上那朦胧的航标灯渐渐地消逝在黑暗之中。

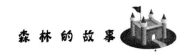

"世间无难事"

轮船搁浅处，正好在列昂节夫要去的小城附近。这次延误根本没使列昂节夫、安菲萨、塔塔以及另一位乘客、年轻的林管区主任感到不便。其他乘客都焦躁不安，牢骚满腹。

那位林管区主任正好与列昂节夫同路。他头上长着亚麻色浓发，白净的眉毛，一双蓝灰色眼睛，身上穿淡淡的青铜色西装。

一位声音洪亮、戴一付玳瑁眼镜的工程师对这次延误最为不满。他是设计改造大伏尔加河的众多工程师之一。他边吸烟，上气不接下气地咳嗽，边讲横亘伏尔加河长 10 千米大坝、巨型人工湖和大型水电站，听众那时真不敢相信大伏尔加能成为现实。

"此乃科学英才的杰作！"列昂节夫想。

船上全体乘客都集聚到大餐厅喝早茶。一位无事忙的老太婆先于他人占据一张小餐桌。她送外孙去高尔基城女儿家，外孙是个睡眼惺忪的小胖子。

老太婆唠唠叨叨地说：

"您可以想像到，这艘轮船让我受了多少洋罪！我可是带着小孩子的。每到一个码头，我不得不给他购买不知什么牛产的奶喝。这事一旦让女儿知道，她准会气得发疯。这个浅滩可把我坑苦了。

如果我们延误了到达时间，您可以想像出，我女儿索雅将会怎样。"

"您何必着急呢?"工程师说，"其实别人也是出门办事的!"

"嚯，就你自己明白!"老太婆高声叫道，两眼冒出争斗的火花。她急切地等着跟什么吵骂一通。"每个人都认为他自己做的事是最重要的。如果你耽搁一两天，对您的大伏尔加计划也不碍事。"

工程师耸耸肩膀说:

"我不想停下大伏尔加的工作。"

轮船甲板的汽笛响了。下游浅滩那边另一只船的懒洋洋、低沉的汽笛回应了。

"拖轮来了!"塔塔叫一声，跳起来，跑上甲板。

其他乘客也急忙随她跑去。大家都很想看看，轮船将怎样被拖离沙洲。

只有那个老太婆脱不开身，因为昏昏欲睡的小胖子，正鼓着两腮，咕噜咕噜地从杯子里吸食不知什么牛产的牛奶。老太婆横眉竖眼地瞪着外孙。外孙根本不理睬她，每喝完一大口奶，便长长地舒一口气。

轮船拖离沙洲之后，才知道轮船的螺旋桨叶片折断了，一条轴也弯了。决定把轮船拖到附近的城镇去修理。并向旅客宣布，修船需要一昼夜时间，如果愿意转乘，可以登上随后来到的"雷列耶夫"号轮船。

几乎全部乘客都转乘"雷列耶夫"号去了。列昂节夫和林管区主任与两位姑娘道别后，便下船走了，因为他们两人就到这个小城。船上只剩下安菲萨和塔塔，还有两位妇女，她们是纺织厂的工程师。

安菲萨和塔塔从河湾到城里去蹓跶。姑娘们都喜爱这个清静干净的小城，城里有数座花园，几条石砌的斜坡马路，还有一座大车店，院内凉棚挂着马套具，散发着刺鼻的皮革味。

她们进了一座公园，公园里大片三色堇正在怒放。她们发现一个木制的售货亭有草莓冰淇淋。

当她们吃完第三份冰淇淋时，列昂节夫走进售货亭。两位姑娘对他的到来感到高兴。列昂节夫坐下来，要了5份冰淇淋，天气太热。

列昂节夫一口气吃完第三份冰淇淋以后，开口说：

"这位林管区主任，是一位了不起的人！他建议我到他们林区住一段时间。林区离这里有30千米，1个小时后，卡车便可到达。我携带的物品已经放在车上。你们想去看看吗？总比在这里坐等一天一夜要有意思。"

"你说，怎么样？"安菲萨两眼以恳求的目光看着塔塔，问道。

"什么'怎么样'？"塔塔回答，"当然去。只是不知道明天早晨能否把我们送回来。"

"肯定能，"列昂节夫答道。"据说，那里是禁伐育林区。"

"我还没有见过真正的森林呢……"安菲萨忧伤地说，"我们省没有森林。"

"您是哪儿人？"

"库尔斯克。"

过不久，卡车果真来了。林区主任从驾驶室跳下来。他身穿军便服，脚蹬皮靴。姑娘们现在才知道，林区主任姓巴乌林。看样子，他欢迎安菲萨和塔塔到林区来，只是不知道安排她们在何处过夜。

"可以到玛丽娅·特罗菲莫夫娜家，"那位上了点岁数的司机说，"她休假去了，房子空闲着。"

汽车卷起团团尘埃，穿过小城，而后沿着青草和蜡菊的城郊马路急驶而去。

大鹅一面咯咯嘎嘎叫，一面摇摇摆摆地急忙退到篱笆墙边去。

几个面部长满雀斑的小淘气拼命追着汽车跑，想攀又怕攀。从院子冲出来的狗，给尘土呛得直打喷嚏，仍气势汹汹地追赶汽车。

这一切的一切，无论是鹅呀，小淘气孩子呀，这些狗哇，还有那头傻头傻脑的小牛犊，安菲萨无一不喜欢。那头小牛犊在汽车前面又蹦又跳好一阵子，还用后蹄踢汽车，直到它觉得该拐进小巷时，才算作罢。

然后，汽车驶向田野，阵阵热风袭来，不过连个森林的影儿也看不见。

"您的林区在哪儿?"安菲萨问巴乌林。

"瞧，那片泛绿色的地方便是!"

巴乌林所指之处，一条暗黑林带在地平线上逶迤延展。可惜，安菲萨并未马上认出来。

汽车开进沙地，发动机因竭力工作而嘎嘎作响，热气从散热器里不停地喷出来。沙地在凹处，两侧是渐渐凸起土质松散的小丘陵，有的地方生长着稀疏的柳树丛。

在这片滚烫、干燥的沙地上有一座村庄。村边有一株孤柳，投下淡淡的影子；接下来所有房舍、院落和宽阔街道都裸露在难以忍受的炽烈阳光下，哪怕看一下都刺得眼痛。

村子里空荡荡的。偶然有一个老婆婆从窗子探出头向外张望一下，或者有一个孩子，两颊因吃浆果而弄得脏兮兮的，跑到篱笆墙边，伸出脑袋，好奇地张大嘴巴。

汽车停在井边，给散热器加水，以便冷却发动机。由一位高个儿老婆婆舀水，还没有倒到三分之一，就吝惜地把剩下的水倒进另一个桶里。

"怎么这样少?"司机问，"你们这里的水好像凭证供应似的。"

"咳，孩子，"老婆婆叹了口气说，"你装满了水，会累坏的。我们这里缺水。"

"人呢？都去干活了？"

"都走了，亲爱的。我们的耕地很远，在沙地那一边。"

"你们干嘛要'繁殖'这样的沙地呀？"巴乌林以玩笑的口气责怪那位老婆婆说。

"唉，孩子，"老婆婆把一缕银丝拽到头巾里诉苦地说道，"我们这儿的沙地可大了，太阳一出来，就热得叫人喘不过气来。太阳可毒了，什么都晒干了，连草根都枯焦了。孩子，简直没法喘气呀！要是刮起风来，简直还不如死了好。到处是沙尘飞扬，屋里灌满了沙尘，嘴里也是沙子，吐都吐不出来。最伤心的是把耕地都埋起来了。眼见沙地一个劲儿地扩大，只好全村一起搬到新地方去。"

"这全是你们不对，"巴乌林说，"以前沙土上有一片松林，都让你们砍了，又在砍过树的地方放牧牲畜。牲畜把整片土地都糟踏了。这不，沙子就卷过来了。现在就等着你们什么时候能拦住沙子吧！"

"你可别怪我，"老婆婆害怕了，"这本是老爷们的事。倘若他们知道是惹来的灾祸，还敢砍一棵松树么？根本不能砍。牲畜也会找别的地方放牧。现在好了，都讲明白了。可以前谁来向我们解释它？苏维埃政权之前么？女教师是个病秧子。神甫净干投机买卖，赶集贩马。他不干正事，成天人吵马叫，连上帝也不明白他叫嚷什么。你看，我们竟碰上这号人。"

因为天气炎热和沙尘飞扬，都想喝点什么，他们就跟那个老婆婆到她家喝牛乳去了。屋里板凳上坐着一个5岁左右的小女孩，屏息呼吸，睁大了双眼看安菲萨和塔塔。安菲萨递给她一块花花绿绿纸包的糖块。她没有马上吃掉，两眼不停看来看去，并喜欢得直哼哧。这时，一只花母鸡从门厅悄悄地走进来，从容地走近女孩，一口从她手中叼下糖块，立刻丢在地上急忙啄食。女孩放声大哭，用拳头揉眼睛。

家园的故事丛书

人们把糖块夺回来，女孩立刻不哭了。

他们又接着上路。很快驶进种植一排排幼松和长满艾蒿的沙地。

"这是我们种植的，"巴乌林说，"种树可以固沙。这里的沙子满天飞舞，不停地流动。"

随着汽车前进，松树显得越来越高。小松林已使沙地呈现一片绿意。松树之间盛开着淡紫色风铃花和黄色蜡菊。

"好极了！"列昂节夫想，"最美妙的就是从一个村庄到另一个村庄，从一个城市到另一个城市，到处流浪，在森林间，田野里，河流、草地、菜圃间，在阳光下，在成熟的黑麦的气味中漂泊……清晨，白天，傍晚，四处流浪，尤其是傍晚时分，割草归来的妇女坐在大车上歌唱，她们的双眼在落日下金光闪闪……夜间，麻鸭在潮湿的暗夜里与刚刚升起的闪闪星辰交相呼应。轮船的汽笛声声，远近的犬吠声声，牛叫哞哞，村苏维埃旁悠扬欢快的手风琴声，这一切都是那么亲切，娴熟，可爱。"

"所有这一切我将动笔写下来，"列昂节夫想，"要写我们的土地，写对土地的关怀，写它的富有，写它的壮美。要写森林和牧场，要写生活在这片土地上的老百姓，写人民的质朴而有意义的生活。"

"低头！"巴乌林喊道。

安菲萨迅速低下头，听到茂密的枝叶扫过车身发出的声响。枝叶也弄乱了她的头发。

一股带草药味的清凉立刻扑面而来。

"这才是森林呢！"巴乌林说。

"安菲萨，快看呀！"塔塔叫道。

阳光透过枝叶斑斑驳驳地掠过脸上。安菲萨抬起身来，抓住驾驶室顶部栏栅。

路，在两侧古松之间向上延伸。古松根部长满灌木已隐藏不见，树冠在白云和煦风之间轻轻摇摆。由于路向斜坡上伸展，松树依次增高，安菲萨觉得他们腾空而起，飞向一个未知国度。

"啊，多美呀，嗨，妙极了!"塔塔一个劲儿地吵嚷。

安菲萨俯身对着驾驶室窗口问道:

"谢尔盖·伊万诺维奇，好吧?"

列昂节夫笑了笑，用眼睛示意森林。树林越来越密。阳光落在茂密的树丛上，好像落在树丛翻转过来的树叶上一样。

汽车停在山隘口一座木制的瞭望台附近。

"歇歇，吸支烟吧，"司机说，"发动机太热了。"

巴乌林提议到瞭望台上看森林全景。他警告说，攀登没有挡板的木梯，不得往下面张望，只能朝上一级梯子看。塔楼很高，至少有 30 米，比最高的松树还高。

巴乌林第一个蹬上梯子，列昂节夫紧随其后，两个姑娘处在最后。

安菲萨跟在塔塔后面，那种在汽车上出现的、犹如融于气流之中的感受，迄今仍萦绕于心头。轻风吹拂她的衣衫、双腿和整个躯体，全身好像失去了重量，散发着温暖又清馨的气息。

松树树冠在身边左右不停地摇摇摆摆，树上亮晶晶的松针触手可及。树冠上有一只棕黄色松鼠慌忙隐藏，极力避开人们的目光。树干上落着一只毛色斑斓的啄木鸟，忿忿地望着安菲萨，似乎在问:你来干嘛?接着，它飞向高处，用尖嘴使劲地啄树皮。山雀成群地在细枝头上跳来跳去。

在瞭望塔顶部，一位护林员迎接他们。护林员脸上生满雀斑，长着方形花白胡须，脖子上挂着一副望远镜。

木桌上用图钉钉着一幅林区全图。桌上放着一罐牛奶，一个用桦树皮编的篮子装满了草莓，手帕上有几块黑麦面烤饼。

"尝尝新，"护林员提议说，"草莓是我们林区的特产。"

"谢谢，等一会儿，"塔塔回答说，"我们得先看看。"

她走到瞭望塔的栏杆前，就坐在没有刨过的楼板上，双手抱着膝盖，默默无语地观望。这是一片天然林，一直到遥远的大地尽头，时而高耸在丘陵上，时而潜入洼地里，那里可能有潺潺小溪流过，整个林带庄严肃穆，喧闹不已。

安菲萨与塔塔并肩席地而坐。松针的海洋在前后左右不停摇荡。几只鹰在振翅翱翔。

"松林是没有尽头的……"列昂节夫突然说，"我选职业不当。我应该当护林员，森林中的居民！"

护林员笑了，巴乌林马上说：

"那就请吧！我们这里正好有临时空缺。"

"在第九区，"护林员接着话头说，"接替普罗霍尔·斯捷尔利戈夫的班。他住院做手术去了。只有九区，才是僻静幽深的去处，还有沼泽地……"

"好极了！"列昂节夫回答说，"那么就算说定了？"

"说定了。"巴乌林点头同意。

此刻，安菲萨想起了柯利亚。一年之后，他就在林学院毕业了，也将会在这样的地方工作。而且，她可能……想到这儿，安菲萨的脸刷地红了。她怎么办？嫁给他？总而言之，她崇拜他。爱他么？她自己也说不清楚。她觉得柯利亚没有与她并肩坐在这里，没有看到这大自然旖旎美景，茫然若失，心中泛起一阵忧伤。她所以这样揪心地忧伤，是因为她意识到，如果她将来真的同柯利亚来到这样的地方，仍然会有可能是一个美好的日子，但不是今天，而是另外一天。今天根本无法留住，无法挽回，也无法从头越。

司机在下面喊，该上路了。护林员坚持要两位姑娘拿点黑麦饼在路上吃。面饼烤焦了点，但味道上佳。

林区管理处所在地是河畔一块很大的林间空地，河水静止不动，看样子，河中黑油油的水，停在那里好像在等待着什么。

巴乌林带领安菲萨和塔塔来到了玛丽娅·特罗菲莫夫娜的房间。实际上根本不是一个房间，而是一间独立住宅。住宅洁净清爽，好像刚刚刨过似的，房间里散发着刨花气味。

安菲萨和塔塔跑到井边，相互向手中倒水洗脸。即刻又来了一个满脸严肃表情，生个小翘鼻子的女孩，她背上背着背包，包里装着洋娃娃。她长时间审视安菲萨和塔塔，而后想了想问道：

"你们用的是草莓香皂，还是儿童香皂？"

"儿童香皂。"塔塔回答说。

"给我洗洗脸行么？"

"拿去用吧。"

女孩立刻把洋娃娃放在圆木上，利索地卷起衣袖，灵巧地把香皂涂满脸，弄得满脸都是香皂泡沫。在阳光之下，她的整个头部闪耀着七色光辉。

"嗨，瞧这个小丫头！"塔塔笑了起来。

可这个女孩并不因为笑她而不好意思，仍然用井水使劲儿朝脸上倒，又打响鼻又吐水。

"嗨，曼卡！"远处传来女人生气的喊声，"捣乱鬼，赶快揩干脸！你又搞什么名堂！"

"马上就好，妈妈。"曼卡尖声尖气回答说。她那充满幸福感、粉红似白的、湿漉漉的脸上，水珠顺两颊朝下淌。"谢谢啦！"曼卡说着，使劲儿擦脸，捡起洋娃娃，便走了。

"你听我说，安菲萨，"塔塔笑着说，"这里多么美好啊！可不能死。"

这两位姑娘梳洗打扮后回到借宿的玛丽娅·特罗菲莫夫娜的房间里，桌子上方挂着一幅柴可夫斯基的肖像画，它下面是一张农舍

的相片。农舍旁的板凳上坐着一位老婆婆，她身材匀称、五官端正，有一双美丽的大眼睛，头上戴着黑头巾。

安菲萨不知为什么，觉得这位老婆婆的相片与柴可夫斯基肖像挂在一起，其中必有缘由。

当在巴乌林那里吃晚饭的时候，安菲萨问起巴乌林，玛丽娅·特罗菲莫夫娜是何许人，她房间里的两张相片，即柴可夫斯基与一位漂亮的乡下老婆婆的照片挂在一起意味着什么。

"玛丽娅·特罗菲莫夫娜是我们管理处的实验员，"巴乌林回答说，"您，是一位洞察秋毫的姑娘！您立刻猜测到，个中包含一个秘密。其实，也根本没有什么秘密可言。这位老婆婆是玛丽娅·特罗菲莫夫娜的母亲阿格拉费娜·吉洪诺夫娜·萨莫依洛娃，特维尔农妇。玛丽娅·特罗菲莫夫娜长得与她母亲一模一样，也有一双杏核眼，还有那种严肃认真的性格，据她自己讲是母亲遗传。现在阿格拉费娜是加里宁省一个集体农庄的生产队长。她今年至少有60岁了。她是护林员的女儿，她丈夫玛丽娅·特罗菲莫夫娜的父亲也是护林员。所以说玛丽娅·特罗菲莫夫娜倾心林业是世袭的。她现在去母亲家休假去了。"

"那么，柴可夫斯基与她们家有什么关系呢?"列昂节夫问道。

"这在她们家中像一代一代人流传下来的故事似的。阿格拉费娜的父亲当年做护林员的时候，有一年夏天，柴可夫斯基到此度假住在庄园，与他们家里为邻。因此他不时到阿格拉费娜家串门。当年，大家都干脆叫她费尼娅。费尼娅每天都送给柴可夫斯基一罐或两罐草莓。你们在相片上看见一付耳环吗? 这是柴可夫斯基送给费尼娅的礼物。玛丽娅·特罗菲莫夫娜说每只耳环都镶着一颗不大的宝石。阿格拉费娜只有在节日才戴上这付耳环。故事大概是这样。有一次下大雨的时候，柴可夫斯基看见了费尼娅……你们知道，这就是边出太阳边下雨，费尼娅的耳垂上雨珠闪闪发光。柴可夫斯基

特别喜欢这种景象，他答应送给费尼娅一付像雨珠一样的耳环。他果然履行了诺言。"

"一个具有浪漫色彩的故事！"列昂节夫说。

安菲萨想起他父讲过柴可夫斯基力图挽救森林免遭毁灭的故事。说不准这件事正好发生在费尼娅和她的耳环故事诞生的地方。

晚饭后，大家都到第九区去了，列昂节夫就在那里住下来。他和巴乌林讲到此事，似乎业已定下来，可是两个姑娘说什么也不相信列昂节夫真的想当一名护林员。对此，列昂节夫很生气：

"世上无难事，我好歹能对付得了。"

树林越来越茂密，光线也越来越暗。有的地方透过树丛依稀可见小片沼泽地。在废弃的古道的辙沟里长着不少蘑菇。道路一直通向排水沟上的一座颓废的小桥。

巴乌林说，很久很久以前，有一个叫做疏浚沼泽的考察队来到这里工作，挖了一条排水沟，想把沼泽地里的水引入湖中。现在沟渠里已经杂草丛生，决定不得随意开发沼泽地。沼泽是河流的源头，并可保持地下水。总而言之，在禁林区不准干扰自然界的生长规律。建立禁林区的目的也在于此。

"我依旧没有完全明白，"塔塔说，"禁林区的真正涵义是什么。"

她坐在小桥那生了黄色苔藓的矮栏杆上。排水沟里的水呈褐色，像咖啡一样，水面上盖满了浮萍。排水沟两岸，荆条和剪秋萝生机盎然。稍远处，树木间凤尾草蓬勃繁盛，浅绿色的枝叶掩盖了高高的树桩。

"你说意义何在么？"巴乌林觉得她问得很怪，"首先要保留下哪怕一小块原生的自然界，当然包括它的植物、野生动物和鸟类，以供研究。其次为探明原始森林对周围环境的影响，例如对耕地、河流的水源、地下水水位、土壤湿度、土壤成分以及土地肥沃程度

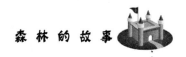

的影响。"

"涉及的问题很多。而且禁伐区越来越多，名字也越来越怪。"

"都叫些什么?"列昂节夫问道。

"自然，您会感到吃惊。有的叫'美学意义的森林'，能装点大地，从而促进人的精神力量。此外，还有增进健康的禁伐区。所有这些林区都受到国家保护。"

"美学意义的森林!"列昂节夫重述一句，"挺有意思!"

此刻大家都默默无语。阳光透过森林，照亮了排水沟中的水。此时才发现水在缓缓流动。一条鱼的金色背脊在水中闪动。

"沟里面鲫鱼多得很。"巴乌林说。

"您知道，"列昂节夫说，"我不喜欢人工林，树木呈一条直线站立，却一模一样，像士兵列队似的。"

"这是一个古老的争议话题!"巴乌林笑笑说，"有些学者跟您的想法一模一样。他们给原生林罩上一层神秘的烟幕。他们主张由自然界复兴森林。他们说人不应当干预这一过程。按照他们的意见，大自然比人聪明，人的干预只会带来害处。"

"我说的不是这个意思。"

"您没那么说，可某些学者说了。他们断言，人不应破坏自然界已存在的平衡。用他们的话来说，原生林从来不会遭受病虫害，森林中土壤肥力可以保持上千年。但经验证明，这一切纯属无稽之谈。人善于选择树种，不仅可以保持森林土壤肥力，而且能大大增强地力。100 年前，人在植树造林方面尚处于幼稚阶段，把莫斯科和彼得堡城郊的最初实验林看作一种例外。现在，请看看这些森林吧!那粗壮的树干、木质的华美和珍贵，您在任何一处原生林里也找不到!我们已经学会了创造奇迹。如果我们不实行人工造林就不能改造俄国平原地理，那么怎么可以否定人工造林呢?而俄国平原必须加以改造。"

"真是一个狂热分子!"塔塔说,"难道人能改造地理么?"

"不仅可能,且有义务改造!"

列昂节夫就在此刻幻想未来情景:他乘坐高速列车从列宁格勒出发前去塞瓦斯托波尔,到黑海之滨。他站在车厢的玻璃窗前,到梅利托波尔,必将认不出他早已熟知的草原。

列车将穿过绿阴如盖的丛林,枝繁叶茂的榛树林沿峡谷斜坡逶迤而下,直奔池塘边缘。继而,郁郁葱葱的森林迎面而来。列车驶近,刚刚觉察到清凉的阴影,便闯入了绿叶天地、花儿海洋和青青嫩草世界,沐浴于那使粗壮树干镀上一层金黄色的阳光之中。我们早已习惯了的北方松树松脂气味(这种气味总是与灰暗的空间相伴),混杂着临近南方海洋的气味,一并飞进车厢敞开的窗子。

这已全然不同于革命前出版的大部头地理书描述的那个俄罗斯了。

"唔……我要能活到那个时候该有多好啊!"列昂节夫说道。

"活到什么时候?"安菲萨问道。

"写完一本书的时候,明白吗?"

"不太明白。"安菲萨答道。

不过,列昂节夫没有作任何解释。

他们在林间一直呆到黄昏时分。阳光把树梢头蒙上金灿灿的颜色,紧接着又把整个天空敷上一层绮丽的落日霞光,旋即隐藏在森林后面,没入蒙蒙夜雾之中。

木星犹如一个炽烈的星球在排水沟的水中闪闪发光。安菲萨抬起双眼,撇开木星的水中倒影,正好在一株纤细松树树冠上找到它的踪迹。木星像一个默默不语、美丽动人的宇宙规律见证人,穿过百年古松把它的光亮洒向大地。看起来,周围一切所以存在,都是为了启示人要感受大地的美并告诉他应当为此好运而感到幸福。

一只小鸟落在柔韧的赤杨细枝上,如同荡秋千一样,摇荡不

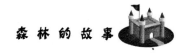

停。一荡起来，一会儿挡住木星光亮，一会又离开了。安菲萨目不转睛地观看这一奇观。

"天黑了，该回家了。"巴乌林说。

安菲萨心想，现在不该回去，而应留在此地面对这森林夜黑，面对森林的宁静安谧，仰望天空中越来越明亮的繁星，面对落日余晖，令人留连忘返。

可是她只是叹了口气，跟随众人回到林管区去了。

母与女

今年的 7 月颇像 8 月，不时落一场阵雨，白桦树叶上已经出现点点黄色的斑痕。西边天空放晴之后，一弯清澈的七色霞光在草场上闪耀。从玛丽娅·特罗菲莫夫娜的故里——巴尔捷涅沃村的山岗上看，这片草场可以尽收眼底。

玛丽娅·特罗菲莫夫娜和她母亲阿格拉费娜·季洪诺夫娜一起收拾草场上的干草。由于阴雨连绵，错过了割草期，一旦天晴就要翻动一下，耙成堆。

阿格拉费娜抱怨说，她那宝贝独生女好不容易休假回来休息几日，可偏偏赶上干重活儿，不仅没得休息反倒受累。

然而，玛丽娅·特罗菲莫夫娜一点儿也不觉得累。草场上常常是清风阵阵，吹动着妇女们花花绿绿的裙衫和色彩斑斓的头巾，刮乱头发。玛丽娅·特罗菲莫夫娜挺喜欢同她的伙伴，那些结了婚的女庄员，一块儿挥动耙子前进，彼此呼应，听她们唠家常。女人们都羡慕玛丽娅·特罗菲莫夫娜的美貌和轻盈的体态，显然，女庄员们也因她是她们的同龄人引以为荣。而且其中有不少人以前曾在农村学校与玛丽娅·特罗菲莫夫娜是同窗。

每逢夜晚，玛丽娅·特罗菲莫夫娜常常与阿格拉费娜坐在房前的板凳上纳凉。她家房子坐落在高地上，用阿格拉费娜的话来说，从这里可以看见"半个俄国"。的确，视野宽阔，草场上有一条闪亮的小河蜿蜒流淌，河那边山坡草场苍黄一片，草场远近几座村庄，极目远眺，一片黑魆魆的森林阻断了视线。

这张长凳也经常有人来闲坐，不紧不慢、平平静静地拉会儿家常。这种安逸宁静的氛围大概来自周围环境。此时，远方天际慢慢地变暗了，夜幕静悄悄地降临，斜挂在森林梢头的弯弯月芽儿的光线，映入人们的眼帘。

柴可夫斯基从前住过的庄园距巴尔捷涅沃不远，现在建成耄耋之年音乐家的休养院。老音乐家每月举行一次音乐会，总是邀请阿格拉费娜参加——她是当地唯一认识并亲切怀念柴可夫斯基的人了。这次音乐会，恰好玛丽娅·特罗菲莫夫娜在家，于是她陪伴妈妈，参加了音乐会。

音乐会前好几天，阿格拉费娜便坐卧不安，比平日更久久地坐在房前的长凳上，唉声叹气，夜间不能成眠。这种焦急不安的心情也感染了玛丽娅·特罗菲莫夫娜，夜间也常常醒来，听到母亲在床上辗转反侧。

夜已深沉，冥冥昏暗的光线透过窗子。壁炉散发着暖融融的黏土气味。蟋蟀睡意矇眬地唧唧鸣叫。玛丽娅·特罗菲莫夫娜由于感受这种安宁气氛而轻轻叹了口气，睁大了眼睛久久仰卧，并且思忖着。思考什么呢？首先是幸福生活。她在头脑中翻来覆去想着人们认为幸福的全部内容：喜爱的工作、和睦的家庭、高尚艺术以及其他种种。不过，她还觉得不足。那么究竟还需要什么？她深知，完满的幸福还需要一点什么，然而"一点什么"总是从她的意识中溜走。只有在业已沉入梦乡，分不清什么是现实、什么是梦境的时候，她才真切感受到这个"一点什么"。

这个"一点什么"是一种最平凡的、习以为常的，但依然是不

可思议的东西。有时，它是玻璃窗上微弱的青幽幽的、一直变幻无穷的、极其遥远的光，可是玛丽娅·特罗菲莫夫娜还没有猜测到它原是星辰在窗棂边静静地闪烁。

"大地上的星辰，"她想，"也是指路明灯。"

她在梦幻中看到，她于一个漆黑的夜晚，在这颗星辰指引下沿着草场山径朝一个偏远的小城走去，虽然她看不到自己的脸，也感觉到她面孔因为幸福而失色，因为她捧着自己的一颗心去面见她最心爱的人；如果有人告诉她，说世上从来没有这个人，那么她会立刻跌倒，绝望地死去。

一座荒凉偏僻的小城。守夜人正在敲钟，旅馆过道烛烟缭绕。而这座旅馆和整个小城，现在对她而言是世界上最钟爱的地方，因为她知道，在这黑暗的窗棂后面，他，她钟情的人儿正在安睡。他是一位诗人，虽然命运多舛，但将受到千秋万代人的景仰。同彗星划过天空一样，他在俄罗斯夜空中燃烧后又熄灭。

那诗人一而再，再而三地对她说："我知道，你所钟爱的这颗头颅，即将离开你胸怀到断头台上去！"

她整夜站在旅馆外面，抚摸着冰凉的砖墙，她柔肠寸断，心灵破碎。因为他不知道，而且永远不知道她炽烈的爱。因为诗人亡故已久，整整 100 年，在小城决斗中身亡。如果他还活着……如果尚在人世间……

阿格拉费娜低声问道："你没有睡着么？"但玛丽娅·特罗菲莫夫娜没有听到妈妈的低语。梦境把她带到很远很远，带到遥远海洋汹涌澎湃的滚滚涛声，这涛声又在对面不见人的黑暗中消逝殆尽。

玛丽娅·特罗菲莫夫娜醒了，自觉心神爽快，听见了牧笛声声，暗自微笑。她已记不起夜里整个梦境，但主要的情景还记得清楚，幸福是个"什么"，应当是个"什么"仍盈心拥怀，占据了她整个身心。

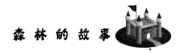

　　音乐会召开那天早晨，阿格拉费娜从箱子里取出收藏多年黑绸子做的衣服，也是她最好的衣服。玛丽娅·特罗菲莫夫娜将它熨好之后，把衣服挂在墙上，使整个房间变得华美不少，真是"蓬荜生辉"。后来，阿格拉费娜又从箱子底拿出一个蓝色小盒子，柴可夫斯基赠送给她的耳环，用棉花包裹着放在里面。

　　玛丽娅·特罗菲莫夫娜把耳环放在热肥皂水中小心擦洗过后，耳环晶莹剔透，光芒四射，仿佛把夏日的光辉尽收于这个房间。

　　玛丽娅·特罗菲莫夫娜戴上耳环，对着墙上小镜子照照，脸一下子红了，耳环她戴非常合适。

　　"我也活不了多久了，"阿格拉费娜说，"这付耳环留给你。你先戴着，别摘下来。你戴，像你们这个年龄的姑娘戴，正合适。我想现在就给你，可不行。人还在世时赠送礼品，这使赠送人为难。"

　　在音乐会上，阿格拉费娜平静地坐着，十分安详。她偶尔拉拉漂亮的黑底红玫瑰花披肩穗子，她一直看着墙上挂着的柴可夫斯基画像，望着他那严厉的灰色大眼睛。

　　"眼光是严厉的，"她想，"可是人却有一副好心肠，你再找不出第二个来。"

　　玛丽娅·特罗菲莫夫娜不时看看她母亲，欣赏着她。母亲变得年轻了，两颊绯红，耳环在她晒得黧黑的两耳上熠熠生辉。

　　这座古老的房舍被酷似甜美人声的丝弦鸣奏震动得浑然作响。如同夜间能产生梦境一样，琴弦之音能从冥冥处引发出梦的幻境——这是音乐家的勇敢声音在娓娓絮语。

　　有一种思想渐渐地占据了玛丽娅·特罗菲莫夫娜的心灵，那就是世界如此广袤博大，世间是这样五彩缤纷，人又多么不可思议；她恰逢今日生活在世，要能为大地的美丽富饶，为人类生存得更轻快、更富有理性、更公平、更美好而尽自己一份绵薄之力，能有所为，那该是多么好啊！

"这是你的愿望么?"她目不转睛望着柴可夫斯基的画像自言自语地问道,"对吧?是这样吧?那么,你的愿望已成现实,你的名字将流传千秋万代,永不褪色。因为你触及到了人类固有的最美好的东西,那就是渴求达到完美的境界。"

音乐会结束后回家,天色已很晚。夜凉如水,寒气逼人,星斗满天,闪闪烁烁。这方土地上一切是那么熟悉,而今她又觉得完全异样,但不是神秘莫测,而是一派新天地。

林中沙土坡地几近白色,从湖边,从红岩一侧传来长长的难以分辨的声音,好像麋鹿求偶。

"我从来还没有这么兴奋!"玛丽娅·特罗菲莫夫娜说,"你不冷么,妈妈?"

"难道我还没有习惯么?"阿格拉费娜答道。"我倒为你担心。玛萨,虽然你看样子很严肃,而实际上你对生活方面事情焦急不安。可是人们却说这样不好,因为焦急有损阳寿。"

"不然的话,生活就没有意思了,妈妈。"玛丽娅·特罗菲莫夫娜回答说。

"或许真是这样,"阿格拉费娜笑着说,"没有兴趣,没有爱情,那就糟了!"

家园的故事丛书

荒凉闭塞之地

好像有人朝肩膀推了一下，列昂节夫立刻醒过来。他合上眼，又躺了几分钟。

"嘀嗒，嘀嗒……"挂钟在头上面响个不停。尔后，有一只蟋蟀一口气"唧唧"叫一阵，又不作声了。

这些声响都近在耳旁。墙外，远处传来一种持续不断的喧嚣声，慢悠悠的，好似滚滚涛声。这是森林在喧哗絮语。

列昂节夫头脑清晰，不想睡了。

"瞧，我的梦想终于实现了。"列昂节夫暗想。他梦想有一间森林小屋，过一过林中生活，亲自体验一下城里人难以得到的、失落于自然界的雅境。

这一梦想这么容易就成了现实。巴乌林建议，在第九区光棍护林员普罗霍尔·斯捷尔利戈夫生病期间，由列昂节夫代行职务，根本不是笑谈。林管区主任知道，列昂节夫想在观察点住下，决不是一时心血来潮或者是一种怪癖。这位列宁格勒人特别认真，非常忠实善良，决不应怀疑他在故作姿态。巴乌林对列昂节夫抱有好感，还因为看起来这位作家是位勤勉又尽职尽责的人，他身体强壮，肩宽胸阔，并且在林业和狩猎方面都很在行。

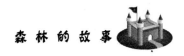

就是列昂节夫那双微微眯缝的眼睛里也含有绝大多数护林人的表情：忠实和洞察力，才智和机敏兼备。他从不多说话，好像是怕语言被风吹化。他保存语言，积累语言，把它用在正事上面，写进书里，而不是用来胡侃闲聊。

梦想终于成为现实！

当那辆接送列昂节夫的四轮马车不慌不忙在树桩间碰碰撞撞地从视线消逝的时候，他向四周张望一下，轻轻叹了口气。随着这一声叹息，仿佛十年时光应声从肩上卸掉了。他想多活几年，多过些这样的日子：不必急急忙忙，也不必经常想到什么时光在飞逝，生活踏步不前。

来此地头一天，列昂节夫就把护林员小屋擦洗得干干净净。水从屋旁一个杂草丛生的小湖中提取，他提着沉重的圆桶从湖中舀水，提到房间。他决心一定在湖边修个木栈桥，打水洗衣服更方便一些。那只旧划子也可以在此停靠。普罗霍尔已把旧划子撑到芦苇丛中去，要想取回来必须下到没膝的水中。

列昂节夫擦亮两扇小窗之后，又先点燃炉子。小屋立刻温暖明亮起来。小屋又像一处舒适、温馨、可人的住处。

当炉火正旺，柴火噼啪作响的时候，不知从哪儿走来一只生着一付黄眼珠、骨瘦嶙峋的灰猫。猫儿走过来就蹭列昂节夫的腿，并以探寻的眼光打量他。

列昂节夫扔给它一块黄油。猫儿一面贪婪地吃黄油，又对假想的敌手和觊觎者忿忿发威。

列昂节夫着手整理行李，食物藏在屋角一个小柜子里，书籍放在隔板上。他更加喜欢这个新居了。

他用沙子擦生铁锅，里里外外擦拭得干干净净，然后用它煮稀粥。他突然想，淘洗光洁爽滑的粟米，溶化黄色岩盐而不蒸掉水分得到毛茸茸的洁白食盐，那该多么有意思，不啻是生活中一大快事！

趁煮粥的时候,他检查一下护林员的全部家当。薪柴储得很多,棚屋里有铁锹、耙子、鱼罩,墙上挂一张锯和两把镰刀。他取下一把,拿在手里掂量一下,想:"这家什又轻便又漂亮!"棚屋外摆着白桦树条渔竿。所有的物件,井井有条,都是"凭良心"置办的。这位普罗霍尔·斯捷利戈夫想必是一位正儿八经的庄稼人。

列昂节夫返回屋里,又用砖头擦茶炊。茶炊上刻画着土拉工匠巴塔舍夫在巴黎博览会获得的几枚奖章。他不在室内生茶炊,而搬到屋外。门外有一张小桌,两条板凳,桌子和凳腿儿都埋在地里。

他往茶炊里添几个松果,烟囱马上喷出艳红的火舌,呜呜作响。

列昂节夫用炉叉把煮熟的粥锅从炉子上取下来,就走出房间到外面洗脸去了。他长时间用冷水冲洗,舒服得直哼味。

那只瘦猫看到列昂节夫冲洗,也蹲下来洗脸,而后顺势用它那粗糙带刺的舌头使劲儿舐它那多毛的肚皮。

"鲁滨逊与星期五!"列昂节夫想到这儿笑了笑。

这里周围确实是人迹罕至的荒凉地方。列昂节夫的这种感觉,在夜间尤为真切。星星孤零零地在松林梢头眨眼。

沼泽地上笼罩着一片浓雾。雾的界限异常分明,若是走近它,伸出手,手立即隐没在浓雾中不见影儿。

这里四面八方静悄悄。列昂节夫忽然觉得,浸沉在这无声暗夜中的整个林区,到处是倒木和枯枝的荒野密林,纵横的沟壑、无名的湖泊、被浓雾与外界隔断的丛林、栖息在茂密树冠上(树上大概比地面暖和得多)鸟儿的酣梦、沼泽地黯然无光的浊水、废弃的古道——整个禁伐区现已失去了日间的光彩。不过他觉得它是一种可靠的屏障,因为无声的黑夜把一切都隐没了,把一切都掩藏起来了。

想到脚边盛开玫瑰红色的帚石楠,湖上怒放的黄灿灿的睡莲,稍远处是一片密密实实、果实累累的野马林丛,颇为怪异。夜,把

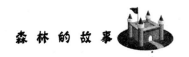

所有色彩都磨灭了。但是在晨曦霞光中，树木、青草和花朵再次披上五颜六色的盛装，并且比日间更灿烂夺目，因为露珠使其光辉倍增。

今夜，列昂节夫许多年来第一次坐在光板桌前，怀着异样感觉打开笔记本，现在可以流畅地写出以前搜遍枯肠、煞费苦心也不出来的主要内容。

他思考片刻，便写道：

"我以此贡献给俄罗斯。我有幸生于俄罗斯并度过五十个春秋。以我而言，世界上没有什么能比我的人民以及他们的命运更可爱可亲，没有什么能比魅力无穷的俄语及那时而伟力无穷、时而忧伤抑郁、时而安谧肃穆、时而欣喜愉快的俄国大自然更可爱可亲。只有随着年龄增长，才能理解这种爱的力量所在，唯一使人感到可惜的是，此生所余时间太少了。长生不老，活上 100 岁，那有多好啊！"

他停下笔来，思考着，吸着烟斗。猫儿跳到桌上来，背对着列昂节夫蹲在纸上，打个呵欠就打起盹来。列昂节夫笑笑，又写下去。他的字迹歪歪斜斜的，因为他不想碰到猫儿。他不想赶走猫儿。

此刻，他又想起轮船上的情景，想到安菲萨和塔塔，想到她们明天一早离开林区一定会难过。不用说，她们乐于留在此地，根本不想去什么喀山。

他想，他正在写他的国家，而实际上他是个没有人喜爱的人，这很糟。他忧伤地笑笑，他又想，倘若年轻，并且在热恋中，那么一定能写出一部惊人的好书。

翌日，他巡视一部分他负责的森林区段。森林的野生魅力和天然美，使他惊叹不已。

当天他便开始工作，在湖对面间伐一片幼松林，使松林通风透光。干完之后，又清理林道。林道上有许多干枯的树枝，把它们汇成一堆后，点火烧掉。

　　数日后，他前去林管区参加护林员和巡林员会议。巴乌林召集他们开会，因为今年夏天干旱，空气湿度低，可能产生大雷暴，因而必须加倍注意，以防发生森林大火。

　　巴乌林简要讲述了有关森林火灾事宜。然而他讲话中有个情节使列昂节夫大吃一惊。原来，森林火灾的烟雾能大大减少阳光照射，推迟庄稼成熟。1915 年，西伯利亚原始森林发生大火，由于浓烟蔽日，使谷物收获推迟了 1 个月。

　　护林员不时好奇地看列昂节夫。听说他是城里人，听说是作家，可是人挺随和；看他那双手和身板，是个心灵手巧和健壮的男子汉。

　　护林员的无言认可，列昂节夫从他们竞相请他吸马合烟并惋惜他没有到"光明的地段"，而去了"最荒凉的地方"。他们向列昂节夫敬烟的同时，也没有放过机会用纸卷作家的烟斗丝，因烟丝很香。

　　巴乌林听完列昂节夫汇报他的林区初步工作之后说：

　　"没有可以向您交代的事啦，谢尔盖·伊凡诺维奇。只是怕您太寂寞。"

　　"不错，确实感到寂寞！"列昂节夫忧郁地说道。

　　列昂节夫回到他的护林点，就像回到自己老家一样。林区工作稍感疲乏，但与城里工作完全不同，不会影响他写作。

　　列昂节夫逐日发现越来越明显初秋来临的标志，白桦和白杨已初次出现枯叶。晨露更浓，天空更为深邃、湛蓝，空气中略感凉意。

　　一次，他日间从林中归来，看见屋前台阶前停着一辆马车，一匹拴着绊马索的马在车边吃草。他的心"咯噔"一下：难道是普罗霍尔·斯捷尔利戈夫从城里回来了？为什么没有事先告知他呢？

　　列昂节夫走上前去。

台阶上坐着一位矮个儿小老头，络腮胡子一直长到眼睛下面，还有一位年轻妇女，黑色衣衫外套着雨衣。

那位老头，列昂节夫认识，他是附近区段的护林员，名叫叶夫捷伊。那位妇女不认识。不过，列昂节夫的心踏实了，因为斯捷尔利戈夫没有和他们一起来。

"好啊，主人家！"矮个儿小老头欢快地说，"你只管东跑西颠，让客人等你。"

那妇女紧紧握着列昂节夫的手说：

"我叫玛丽娅·特罗菲莫夫娜。我这次来顺便给您带来一点食品……和新的防火规则。"

"谢谢，很高兴。"列昂节夫说。他有些困窘。

"顺便想同您认识一下。我是您的读者，也是您的崇拜者。您到此地当护林员，是件了不起的事。我想，这是对的。"

"我也是这么想。"

"寂寞吗？"

"一点也不觉得。"

"那就好。"玛丽娅·特罗菲莫夫娜说罢，就默不作声了。

列昂节夫正眼看她。确实，她很像照片上那位美貌的老婆婆，也是一样的晶亮有神的大眼睛，一样线条柔和的瓜子脸，两道浓眉毛。辫子在脑后打了个结儿，大概很重，老像要滑下来，散开。

应当给客人上茶。列昂节夫端来水，放好茶炊。

"亲爱的，我们差一点迷了路。"叶夫捷伊坐在桌边，用碟子喝着热茶说："真邪门！整个林区，我都记得烂熟，这一回还是遇到了麻烦！没准还是林妖在捣鬼。林妖喜欢耍弄咱哥们！"

"你说谎话，叶夫捷伊……"玛丽娅·特罗菲莫夫娜说。

"干嘛要说谎话呢！"叶夫捷伊觉得受了委屈，"要是你遇上林妖……"

"那你遇到过?"

"亲爱的,是的。"叶夫捷伊伤心地叹了口气,"他们一个一个我都认得出。"

玛丽娅·特罗菲莫夫娜笑起来。

"你住在林管区里,觉得好笑,"叶夫捷伊生气了,"你要是到我那护林点住住试试,我看你还怎么个笑法。遇上林妖,可千万别害怕。林妖的外貌,平平常常,跟普通男人没两样,挺像我,只是我的头发还有些黑的,林妖须发皆白。"

玛丽娅·特罗菲莫夫娜看了列昂节夫一眼,又笑起来。

"林妖,他们夜里喜欢走到篝火旁,"叶夫捷伊不慌不忙地解释说,"他拄着拐杖走过来,端详你,尔后说:'亲爱的同志,在林中要小心弄火,不然你要倒霉的!'可真是个好心的老头儿!他就这么站着,有时也坐一会儿,跟你一起抽抽烟。他总是东抱怨,西抱怨,抱怨最多的是风湿痛。"

"这老头儿挺有意思,对吧?"玛丽娅·特罗菲莫夫娜平静地问列昂节夫。

"他说'骨头疼,肩膀疼得特别厉害。亲爱的,我也厌烦在密林里吓唬你们老娘们。厌烦到什么程度,我也没法对你说清楚。'那时,自然也要问他,不用说要客客气气地问:'那么说,公民,您为什么要吓唬妇女呢?这中间有什么缘故?'他呢,自己要回答:'咳,亏你还算个国家林场的护林员!难道你真的不知道?我为了保护森林,不要让老娘们糟踏。这些娘们,只要你给她们自由,她们就会把浆果采摘得一个不剩,连种也不留。'你呀,自然得听他说,可不能还嘴。有一回,我嘲笑一下林妖。我对他说:'我说,我是人,一只手五个指头。可您是林妖,一只手长六个指头,这是什么意思呢?'他说:'这说明我们不一样。'我紧接着说:'我不想跟您争论,公民,这也许因为区别于人而生,只是这六个手指头对您也没有什么用处。我的

五个指头做起事来比起您的六个指头还要灵活方便。'当然喽，他火
冒三丈。他猛地用手杖抽打篝火！张开嘴巴吼叫！我抬腿慌忙逃走。
从那以后，他一直怀恨我。不是让我迷路，就是把旧树皮鞋挂在树枝
上，不知挂了多少双，总之想吓唬我。再不就把松塔扔进我的后脖颈
上，或在夜间像婴儿那样大声啼哭。显然，他在胡搅蛮缠。我心里也
很恼怒，但表面上不动声色。不然，他会闹得更凶。可是，他也拿我
没有办法，我也不是好对付的。"

　　"叶夫捷伊，应当把你的故事记录下来。"列昂节夫感慨地说。

　　"把我讲的故事记下来？纸不够。我这样叽哩哇啦讲点什么，逗个
乐子，让别人笑，自个儿也高兴。当人笑的时候，他不会做坏事的。"

　　"你说得很对。"列昂节夫说。

　　叶夫捷伊转过头来对玛丽娅·特罗菲莫夫娜说道：

　　"你呀，听人家是怎么说的！你一个劲地责备我'你说谎话
呀！'，'撒谎！'，有的人说真话，那真话比谎话还没人味儿。可是，
有人说瞎话，瞧，你干起工作更愉快，你还会笑起来，不然，就要
想烦心事。要知好歹呀。"

　　茶后，玛丽娅·特罗菲莫夫娜从隔板上拿下一本莱蒙托夫的选
集，打开书念道："生机盎然的森林在煦风轻拂下喧哗絮语……"

　　玛丽娅·特罗菲莫夫娜说：

　　"什么时候借给我看看，行么？我没有莱蒙托夫的书。"

　　"您现在就可以拿去。"

　　"不，以后再说。"

　　"您喜欢莱蒙托夫的作品么？"

　　"超过世上的一切。"

　　列昂节夫本想问问玛丽娅·特罗菲莫夫娜有关她母亲和柴可夫
斯基的事情，但未敢启齿，想等一等，待他们彼此再熟悉一些的时
候，再问也不迟。

以火攻火

酷暑烈日，溽热难当。朵朵云团滞留在空中，好像凝结在一个地方，直到傍晚，纹丝不动。临近日落时分，太阳一头钻进粉红色烟雾之中，像一块烧红了的铁饼，堕入地平线下。

入夜，仍然没有一丝凉意。不知为什么，露水也没有降临。次日清晨，列昂节夫在湖中洗了澡以后，全身感到寒颤，"怎么，我要得病？"他想。

白天，松林上空笼罩着一片铅灰色云团，好像一朵巨大的蘑菇。阵风劲吹，森林喧闹不已。雷声大作，隆隆之声此起彼伏，预示着雷雨将至。

可是，只是干打雷，却不下雨。急促的雷鸣频仍，闪电并未以其特有的齿状放火袭击大地，而是燃起了冲天的粉红色光芒。

森林深处轰隆隆响声连成一片。树枝折断，不断发出脆裂声。松树发出长长的刺耳尖叫声。而后在这一片不协调的喧闹声中又加进飞机发动机的嗡嗡响声。

飞机飞得很低，从松林后俯冲而来，低沉浊重地吼叫着。它减低速度，一侧机翼偏下，在护林员小屋上空盘旋一周，然后爬升，飞走了。在房前不远处，扔下一个不大的沙袋，袋子上扎着一根红

飘带。在狂风撕扯下，红飘带像一团火焰，不停地飞舞飘动。

列昂节夫急忙跑过去拾起沙袋。沙袋一侧有一个小兜儿，他从中摸出一张折叠的纸条，打开后念道：

"请立即通知管理区！第十二林段发生火灾，是闪电引发的上层林火。顺风向东北方向蔓延。我向机场飞去，但因雷暴受阻。"

列昂节夫在这一瞬间有点慌了神，不知是该去林管区，还是去火场。列昂节夫估计，火是朝一个方向推进。如果风向变了，那么火势就有可能烧到他的第九林段来。

这时，他听见飞禽翅膀扇动发出的啸声，抬头一看，一群群野鸭子从林间沼泽飞起。"它们逃命去了。"他想。

他又看了一遍那张便条，就决定先到林管区去。他沿着杂草丛生的小路快步行进。

风越来越强劲，不时飘来焦糊的气味。列昂节夫拐上林中大道，便停下脚步顺着大道朝远方看看，他的心一下颤抖起来，因为在林中大路尽头，浓烈的黄色烟雾顺着地表快速滚动。

列昂节夫跑起来，大约跑了一两百步，又停下来，喘口气，又跑起来。他很悲观，他想，离林管区尚远，风助火威，在如此猛烈大风吹拂下，烈火大概以 10 千米的时速向前推进。

他听见汽车声响，停下脚步，汽车一辆、两辆、三辆……鱼贯地从拐弯处冲出来。

列昂节夫喊起来。第一辆车减速，巴乌林打开驾驶室的门嚷道：

"快！赶快上车！"

列昂节夫抓住车厢，同时有好几只手伸过来，把他拉上汽车。

车上的工人、护林员挤得满满的，还放着铁锹、锯子、斧头和铁扫帚，用以扑打树丛和茅草上的火焰。

列昂节夫取出那张便条，把它递进驾驶室给了巴乌林。巴乌林

看过后，大声告诉他说：

"不是上层林火！那烟是黄色的。而上层林火烟是黑色的。"

"那会好一点。"列昂节夫想。他知道，最可怕的森林火灾是上层林火，那时树木从头到脚整个燃烧，再遇上像现在这样的风，风助火势，很快变成像护林员所说的"风暴烈火"。

当发生下层森林火灾时，只是矮生林、篙草、树丛和幼林燃烧，而成龄树，火只能烧伤树干下部。像现在这样的劲风，下层林危险性要小一些。用护林员的话来说是"跑火"。火很快过去，整片森林却安然无恙。受风跟踪追赶的火，来不及烧毁林木就越过去了。

"人来得怎么这么少？"列昂节夫询问一位熟悉的护林员。

"所有集体农庄庄员、全体居民都动员起来了，"那位护林员说，"他们大约需两个小时才能到达。"

汽车停在一片浓烟四布的林带。玛丽娅·特罗菲莫夫娜从最后一辆汽车上跳下来。她脚蹬皮靴，下穿短裙，上着皮茄克。她老远向列昂节夫摆摆手。

天色已晚，昏暗的天空呈现一片森林火灾的紫红色反光。狂风依旧劲吹不息。

众人走上一条窄窄的林中道路。巴乌林下令加宽林道。大家快速拓宽林道，砍伐树木。此时，一位巡查员策马到来，他满面烟尘，汗流浃背，报告说火势过猛，加宽林道也无济于事，阻止不住它蔓延。

"只有一种办法了，"巴乌林想一想，然后说："以火攻火！"

列昂节夫看见，护林员们听了这话，你看我，我望你。以前，他也模模糊糊听说"以火攻火"，但没有想到这种方法要冒生命危险。

巴乌林镇定地三言两语下达命令。

　　列昂节夫和大家一起砍伐林道两侧灌木和幼树，把砍倒的树木、倒木和枯枝堆成贯通整个林道高高的屏障。

　　当天完全黑下来、火光把云彩也照得通明、把四周一切景物涂上一层淡红色光亮的时候，附近农村的集体庄员也赶到了。工作进展更快了，但巴乌林依然不停地催促。屏障节节加高。

　　列昂节夫顺着林道看过去，只见好几百人忙个不停。女人收集干枝枯叶，堆在屏障上，不断地朝上面抛干松针。

　　后来，从森林中一下子涌出滚滚浓烟，紧贴地表滚动，涌过屏障。

　　"当心!"远处众人大声喊叫。

　　巴乌林下令戴上防毒面具。

　　他让女人们来到森林深处，那里有一个湖泊可以保护她们。绝大部分集体农庄庄员也到那里去了。只有护林员仍留在原地。他们大约每隔40步派1人看守屏障，其中也包括列昂节夫。大家都不安地等待大火来临。

　　巴乌林走到列昂节夫身旁，背对着风，摘下防毒面具说道：

　　"您也到森林里的湖边去吧，大家都在那里。这里没有您可做的事了。"

　　列昂节夫摇摇头，不同意。

　　"不值得冒险。如果您是个普通人……"

　　"我也是个普通人，"列昂节夫摘下防毒面具，压低了声音说，"请不要打扰我。"

　　巴乌林什么也没说，转过身顺林道走去。

　　火头迅速接近屏障，列昂节夫怀着恐惧的、同时又难以名状的狂喜的心情，目不转睛地盯着带着劈劈啪啪和轰轰隆隆响声飞奔而来、像一堵墙似的大火。火星满天飞舞，落下来烧破衣服。烟雾不时遮天蔽日。随后烟雾被吹向一侧，火墙重现，但离人更近了。

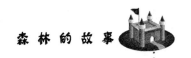

列昂节夫目不转睛地盯着正面而来的火墙，他深知这样的火势是阻挡不了的，因为这是自然力。火将不露声色地把他们烧死，就像篝火烧死蚊虫一样。

尽管他这样想，也并没后退一步。他的脸和双手已经感觉火的灼燎。他再次观察火势，已经十分吓人；再朝上看，燃烧着的树叶和树枝满天飞舞，仰首望天空，透过烟雾隐约看到一弯新月挂在西天。

等他低下头来，形势已经逆转。在一瞬间，他想像不出这是怎么回事儿。此刻风已停止，整个火势向上爬，形成呼呼作响的耀眼篝火。

尔后，他感到被灼热的气浪猛然震撼了一下。屏障上层的干枝枯叶一下子卷进火焰之中。此时，巴乌林举起手，喊了一句什么，护林员们一齐把屏障点燃。

屏障好像叹了口气，把狂飙的烈火从这头甩到那一头。屏障火和林火绞在一起，怒吼着噼叭响着，直冲天空。

人们朝林中跑去。玛丽娅·特罗菲莫夫娜从列昂节夫身边跑过，把他从火堆边拖走，立刻消失到什么地方去了。

列昂节夫回头一看，两道火墙像两头巨大的狂暴野兽，厮打着，紧紧扭在一起，迸发出无数火花。看样子，烈火马上就要烧过来，谁也难逃活命。

列昂节夫由于出乎他意料之外，惊呼起来：烈火像被拦腰斩断了似的，扑倒在地，只剩下低低的火舌沿着屏障无声地滑动。大家又回到林道上来，用沙子扑灭有气无力的焰火。几分钟后，明火已经扑灭，只有刺鼻的浓烟一股一股地冲天而起，遮住了星空，挡住了月光。一场灭火行动终于结束了。

火灾如此迅速地熄灭，给列昂节夫留下一种难以名状的特异印象。到底怎么回事呢？为什么火灾一下子就扑灭了呢？

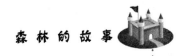

列昂节夫到处寻找巴乌林。林中一片漆黑，护林员们都提着马灯走路。

巴乌林下令火灾现场留人看守，直到残火全部熄灭为止。

"谢尔盖·伊万诺维奇，"巴乌林高兴地对列昂节夫说，"火呀，都快逼近您的林段了。要不是那条林道，您修整的那条林道，第九林段也烧光了。总的来说，这次灭火行动还不错。"

"我还不明白，"列昂节夫说道，"为什么火能够熄灭火灾呢？点起这样冲天大火，好像整个世界都要付之一炬。"

"以火攻火的整个目的，就是给火灾提供'养分'，火上喷油，使火势扩展到尽可能大的规模。到那时周围的空气中的氧气消耗殆尽，林道只剩下二氧化碳和烟雾，大火自然就熄灭了……现在，您回家歇息去吧。"

"马上走，先吸支烟再走。"

此刻，列昂节夫才感到累。眼睛流泪，面部皮肤痒。双手沾满松油，多处烧伤，火辣辣的疼。

坐在汽车旁的护林员们正在讲述种种见闻。说在屏障被点燃之前，不少兔子跳过屏障逃命了，有几只狼顺着屏障狂奔。还听说，火灾把3只黑熊赶进里沃湖中，直到现在还赖在湖中不走，吓得嗷嗷叫。

列昂节夫赶回自己的护林小屋。离火场越远，空气越清馨，还闻到了湿润的青草气味。只有新月依然黄澄澄的，那是不祥之兆。远处传来救火归来的农民说话声。

列昂节夫赶过几名妇女，其中有玛丽娅·特罗菲莫夫娜。他们一起默默走到界桩处。玛丽娅·特罗菲莫夫娜只是说上三言两语，夸他的作品，问他当护林员自我感觉如何，为什么咳嗽，是不是救火伤了肺。在界桩边分手时，玛丽娅·特罗菲莫夫娜握了握他的手说：

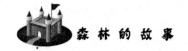

"别老躲着我，您来吧，我会很高兴的。"

列昂节夫一直在那里站着，直到妇女说话声听不见了，才转身返回他那护林员小屋。到家后洗了把脸，马上就上床睡觉。他听到猫儿蹑手蹑脚地在他枕边走动，随后在他肩头蜷起身子趴下，轻轻地咪咪叫了几声。

"嘀嗒，嘀嗒……"挂钟在丈量时间。

列昂节夫梦见金秋时节到处一片金灿灿的森林。太阳和月亮并排高悬在一片土地之上。各家雄鸡整日引吭高歌，此起彼伏。他在一片白桦林间走着，匆匆忙忙，差不多在小跑。迎面来了一名军官，军服上落满尘土，个头不高，黑黢黢的，有一双笑眯眯的黑眼睛。他一只手拿军帽，帽里装满熟透了的槭橘。军官把槭橘倒在手里，一把一把往嘴里送。

"到哪儿去，朋友?"军官问道。

"普隆斯克，有什么事吗?"

"没大事，"军官回答说，"我家老人在那儿安度晚年。你要是见到他们，就说我懒怠写信……因队伍又要开拔了，叫他们别等我。"

列昂节夫停下脚步，两眼盯着军官，大声问:

"您是何人?"

军官后退几步，打个趔趄，扑倒在地，槭橘散满草地。不知怎么回事，这时玛丽娅·特罗菲莫夫娜出现在军官身边。她抱起他的头部。军官胸前涌出像成熟了的槭橘汁般的血，滴在沙地上。

"快点!"玛丽娅·特罗菲莫夫娜喊道，"快把他抬起来!"

他们二人把军官抬起来，他很轻，像小孩一样，便上路了。玛丽娅·特罗菲莫夫娜央求快点走，不然森林火灾烧起来，会阻断道路，这人就没救了。

"您怎么，爱他么?"列昂节夫问。

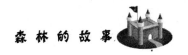

"胜于世上一切!"

列昂节夫一下子就醒了。窗外天已放亮,但依然在梦中,意识半明白半糊涂,他一直听到"到哪儿去,朋友?"的问讯声。

列昂节夫翻身又睡了,直到早晨完全清醒之后,依然长时间沉浸于这个梦境,直到最后仍弄不明白为什么梦中会与莱蒙托夫会见。

他从粗木书架上拿下莱蒙托夫写的一本诗集,顺手翻开一页,读道:

> 我爱乘坐四轮马车急驰在乡间故道上,
>
> 焦虑地寻觅今夜栖身之处,
>
> 用呆滞的目光透过茫茫的夜色,
>
> 迎接故道两旁荒村的摇曳不定的灯光……

"不愧是名家!"列昂节夫说,并把书放回原处。

傍晚,玛丽娅·特罗菲莫夫娜和巴乌林出乎意料地从林管区来临。

"我们来看看您,"巴乌林腼腆地微笑说,"火灾后您这里怎样?玛丽娅·特罗菲莫夫娜说您咳嗽很厉害。"

"不要紧。喉咙有点痒,大概是烟呛的。"

巴乌林到湖里洗澡去了。列昂节夫和玛丽娅·特罗菲莫夫娜并肩坐在门前台阶上。她若有所思地咬着草梗儿。隔了一会儿,朝列昂节夫转过身来,以严肃的目光看着他的脸,说,

"我来拿书……莱蒙托夫的。"

砍得又快又好

立秋之前，林管区就开始修筑小水电站的堤坝。水坝在距第九林段约 5 千米的一条河上。列昂节夫常到工地走走看看。

他到过不少建筑工地，对于土地被挖掘零乱的景象，石料、黏土和圆木狼藉遍地的现象，早已习以为常。令人吃惊的是，在这个工地上一切井井有条，一株小树也未受损害。巴乌林监督十分严格，甚至有点苛刻，要求工人爱护周围树木，向堤上运送建筑材料只准走一条路，而不是像司机所想的那样可以走几十条路，随意行驶。除非必要，不准剥树皮。

列昂节夫喜欢在土堤上坐坐，欣赏木匠干活儿。他在这里也常常遇到叶夫捷伊。

那位头发蓬松、上了年纪的费多尔，在所有工匠当中出类拔萃。斧头在他长满老茧的手中变成了神话中带翅膀的人。更令人惊诧的是，费多尔用马合烟卷"报纸王"，却动作缓慢又很吃力，不是报纸破了，就是"报纸王"裂散了，烟叶撒在地上。

列昂节夫正向堤坝走去，老远就听到此起彼伏的斧头砍木声。叶夫捷伊像往常一样坐在土堤附近一根大圆木上面，抽着烟儿。他与列昂节夫互道安好之后，朝木匠们挤挤眼说：

"我们的啄木鸟正在啄木头呢!"

"是的。"列昂节夫表示同意。

费多尔砍伐之前,先在木头上做记号。他根本不看斧头,虽然马合烟熏得他紧皱眉头,记号却画得又快又准。而后费多尔高高地抡起斧子重重砍下去,就砍下一大块,散发松脂香味的树皮飞到一边。

"砍得真带劲儿!"列昂节夫说。

"卡西莫夫式的砍法!"费多尔回答说,"主要是要有好的工具,至于砍么,并不重要。"

"还要有眼力,"列昂节夫补充说。

"干哪一行都一样,"费多尔同意,"干你那一行,没有眼力也玩不转。"

"哪一行?"

"写作呗。去年冬天,我儿子给我念了一本小书。我真的挺爱听。我一下子就看出那本书是怎么'砍'出来的。有些地方很准,有些地方平滑整齐。不管你怎么瞧,你也找不出缝隙来。"

"同样是了不起的劳动!"那位瘦弱多病从来不摘他那羊皮帽子、名叫伊拉里翁的木匠感叹说,"有人用斧头,有人用笔,有人用两脚圆规,也有人用词语。每个人都按照自己的方式创造生活的命运。"

"生活命运,这句话什么意思?"叶夫捷伊狡黠地问道。

木匠停下手中的活儿,不解地看着叶夫捷伊。

"唷唷,还生活的命运!"叶夫捷伊说,"每个词儿都有它的特定含义,可你,伊拉里翁,分明在胡扯,因为你自己没弄懂呢。比如说我的命运是什么样?只是喝白菜汤,抽马合烟么?或者我还有什么目的呢?"

"就算你明白,"伊拉里翁不满地嘟囔着。

"我当然明白，"叶夫捷伊说，"人不光为自己活在世上，而是为推动生活而生存。你以为我光为了拿工资才看管森林么？把眼光放得高点吧！我虽然没有学问，可明白事理。你说看管森林要个章法，对啊！但这个章法是谁整出来的？是人。那么我要问你，为什么？"

"这谁都知道，"费多尔愤愤不平地答道："任何一个傻瓜都明白。用不着你清早来教训我们！"他气冲冲地抡起斧头，狠狠地朝木头砍去，斜着砍下一大块。他扔下斧头，朝地上吐口唾沫，大声嚷道，"别哇啦哇啦叫扰乱人家干活！就因为你，把木头都糟蹋了！老东西！我们在干活儿，你瞧，他却胡扯闲聊，消愁解闷来了！像个大学教授似的，去看你的森林吧！我们没有你，没有你的学问，照样对付得了！说不定你连劈柴都不会，倒会瞎指挥！"

"你还没有资格跟我这样说话，"叶夫捷伊镇静地回答。他踩灭烟头，站起身来，"我就让你看看我会不会砍木头。"

他转身朝伊拉里翁说：

"把斧头给我！"

"你要干嘛？"

"给我斧头！我说，得压压费多尔的傲气。"

"这何必呢？"费多尔为难了。

"就这么办！按钟点计算。有手表吗？"叶夫捷伊问列昂节夫。"你数着，在半小时之内我们两人各砍了多少。而后我们检查一下尺寸，看谁的活儿干得干净利索。"

"你算了吧，朋友！"费多尔严肃地说，"每根圆木都由我来负责，而不是你。你别在我这儿要什么把戏！这里不是市场。"

"怎么，心里没底了？怯阵了？"

费多尔一瞬间以轻蔑的眼光看了叶夫捷伊一眼：

"嚯，你来劲儿啦，老爷子！简直要扑上来了。"

"比你强的木匠不知多少都败在我的手下，"叶夫捷伊说着，甩掉他的旧上衣，"你不过是个无名小辈。"

"看来，非得好好教训教训你不可！"费多尔气哼哼地说，"就是为这，我才和你较量一番。那好，开始吧！"

"好好好！"叶夫捷伊一面喊着一面挽起衬衣袖子，"开始吧！"

他朝手掌吐了口唾沫，把斧子抛起来，在半空接住，便咔嚓咔嚓地砍起来。含松脂味的木片四处翻飞。这时，费多尔也动手起来。

叶夫捷伊和费多尔越干越欢，木片越飞越多。有一块正好砸在列昂节夫手上，很痛，他后退一步。伊拉里翁张嘴看着叶夫捷伊。

费多尔砍得飞快，紧锁眉头，呼哧呼哧地大口喘气。叶夫捷伊也哼哧哼哧，间或叫道：

"这就是，卡西莫式的砍法！这就是！"

列昂节夫全神贯注地看着这场激烈的比赛。斧头敲击声越来越密，汇合成急促的密集声响。列昂节夫没能马上发现身后早已围满了工人，巴乌林和玛丽娅·特罗菲莫夫娜也走向前来。

"制服他！"工人们齐声叫喊，"制服他，费佳，别怯场！"

"你是制服不了我们的！"叶夫捷伊嘶声嚷道。

"这老头，干得可真快！像发动机一样！"

工人们轰然大笑。

巴乌林抓住列昂节夫一只手，但列昂节夫只是摇摇头，他的眼睛仍没有离开手表。

"停！"列昂节夫举起一只手喊道，"停！时间到！"

斧头声戛然而止。叶夫捷伊细心地用袖头擦拭额头上的汗，并大声咳嗽，费多尔扔下斧头，用不停颤抖的十指卷着"报纸王"。

"这不，首长同志来了，"叶夫捷伊喘过气来，转身对巴乌林说，"请看谁砍的又多又好，以您一言为定。"

大家却悄然不语。

"还用看什么!"费多尔嘶声说,谁都没看一眼,"这不明摆着,你赢了,老爷子,你干得出色。"

"伸出手表!"叶夫捷伊叫道, "我尽管老了,还能对付一阵子。"

叶夫捷伊和费多尔彼此伸出手来。

"这就好了,"叶夫捷伊笑逐颜开地说,"我从今后再也不来打搅你了。绝对不妨碍你!费多尔,你当然是这一行的行家里手,只不过太放肆一点。"

"好啦,别说了!"费多尔点头认同,"明天你再来,我们再较量一次。"

"来是可以。我倒想和伊拉里翁比试比试。"

"看你说到哪儿去了,"伊拉里翁困惑地嘟囔说,"我能完成定额,那就谢天谢地了。"

"难道你真的胜不过我么?"叶夫捷伊问。

"这么说……也许能行。"伊拉里翁想了想,摘下帽子,搔后脑勺。

"算了吧,伊拉里翁!"费多尔傲气十足地说,"你比我差多了,别丢人现眼。"

"这么说,跟你比,"伊拉里翁又说,"也许不会丢人现眼,别看我外表瘦弱,我从小就这样。"

"这老头把木匠刺痛了,"巴乌林对列昂节夫说。此时,他们同玛丽娅·特罗菲莫夫娜一起走向河边,看看打桩工人向河床打桩的情况。"有这个好惹事非的鬼老头,谁也别想安宁。"

玛丽娅·特罗菲莫夫娜看了一眼打桩工人工作,便顺着河边向下游走去。叶夫捷伊昨天向林管区报告说,河坝下游4千米处,在第9林段,发现新的河獭洞。要仔细检查,并做个标志。

列昂节夫随着玛丽娅·特罗菲莫夫娜走去。斧头撞击声很快就听不见了；取而代之的是啄木鸟的啄树声和河中的潺潺流水声。天气晴朗，树阴下凉爽宜人，榛树叶面流下点点露珠。河水九曲连环，弯弯曲曲地流入森林。在大河两岸的红沙土，松林间隙盛开的玫瑰红石楠花团低垂于河中旋涡之上。

他们二人久久地默然前行，玛丽娅·特罗菲莫夫娜在前，列昂节夫在后。玛丽娅·特罗菲莫夫娜几次默默地回头看列昂节夫一眼。而列昂节夫每遇到玛丽娅·特罗菲莫夫娜回眸时都暗自发笑。你看他，一个普通的护林员，伴随玛丽娅·特罗菲莫夫娜在自己的林段行走，而她每一分钟都可能对自己提出批评意见。

事情果然不出所料。玛丽娅·特罗菲莫夫娜停下脚步问道：

"您这是怎么搞的？您怎么没能在自己的林段发现河獭洞呢？"叶夫捷伊给下个结语，好像费多尔一样。

列昂节夫耸耸肩，一言不发。

"我们在河边这儿坐一会吧？"玛丽娅·特罗菲莫夫娜忽然说，"这儿可真温暖！而且静悄悄的……"

"好像童话中的河流。"列昂节夫与玛丽娅·特罗菲莫夫娜并排坐下。

"是啊，真像童话中的河流。"

玛丽娅·特罗菲莫夫娜默不作声。

"您很快就要走了么？"

"大概两周后，斯捷尔利戈夫病愈出院，近日就要回来了。"

"您为什么不肯留下呢？住在林管区吧？"

"列宁格勒还有些事要办。"

"真怪，"玛丽娅·特罗菲莫夫娜说，"你根本就不像个忙人。"

"是的，我不是个忙人，"列昂节夫笑了，"我也没这么说。只是列宁格勒有我的工作。我剩下时日不多了，而我想做的和能做的

事情，连一半也没完成。"他犹豫着补充一句，"总之，作家不属他自己，而属于所有的人。"

"那么说，也属于我？"玛丽娅·特罗菲莫夫娜微笑着问道。

"部分属于您。"

"可我想，刚好相反。"玛丽娅·特罗菲莫夫娜答道。她那双黑亮的眼睛直视他的脸。

"我还没有明白，"列昂节夫说，"'相反'是什么意思？"

"您怎么还不明白呢？"玛丽娅·特罗菲莫夫娜小声地、几乎耳语般说道，并一直双眼不离列昂节夫。"您是机敏的好心肠的人，还能发现不了最为明显的事情？不是您属于大家，而是有些人属于您。大概，这一生中许多人喜欢过您吧？"

玛丽娅·特罗菲莫夫娜等待着回答，可是列昂节夫什么也没有说。

"当然，喜爱过。"玛丽娅·特罗菲莫夫娜自问自答地说，"可怎么能不让人家喜爱您呢？"她补充说此话时，脸蛋刷地红起来。

"为什么呢？"列昂节夫问道，但马上明白不该问，于是惶惑不安了。

"不为什么。只是因为您生活在这个世界上。"

玛丽娅·特罗菲莫夫娜快速向列昂节夫俯下身来，抓住他的双手，把她发烫的娇嫩脸蛋贴在双手上。然后霍地站起来，头也不回地沿着河岸快步走去。

晚上，列昂节夫回到他的小屋。桌子上放着莱蒙托夫的一本书，就是玛丽娅·特罗菲莫夫娜在森林火灾后借去的那本书。这说明，她曾来过。

列昂节夫把全书逐页翻遍，什么也没找到，没有便条，也没有在莱蒙托夫诗中字里行间做任何记号。他想，反正这本书还得送给玛丽娅·特罗菲莫夫娜。

家园的故事丛书

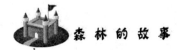

　　"只能这样!"列昂节夫自言自语:"咳,你这机灵的、让人喜欢的作家,原来是个铁石心肠的人!如此而已!"

　　他走到桌边,桌上放着他没有写完的新小说手稿,慢慢地把它撕成碎片,毫不吝惜地投进炉膛。于是他觉得心里轻松多了,好像他已经惩罚了自我,从内心深处把不理解别人心事的巨大罪过排除了。

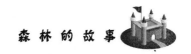

列宁格勒公园

植物学教授彼得·马克西莫维奇·巴加列依的寓所，位于列宁格勒的药房岛上。教授的住宅有不少优点，如有几扇窗子濒临植物园不向游客开放的部分。因此，他家总是寂静无声的。房间里由于树枝叶遮挡，显得半明半暗，并泛出绿油油的光彩。

住宅内各个房间摆满了一瓶瓶鲜花、一箱箱花苗、一盆盆扣着挂满水汽玻璃罩的稀贵植物。似乎墙外植物圈有多少花木，他房间就有多少。

最引人入胜的房间，大概莫过于彼得·马克西莫维奇的书房了。低矮的天花板，满屋摆放着同一格式的书架。彼得·马克西莫维奇喜欢让来访的客人和大学生大吃一惊。他把客人领到半明半暗的书房，请他坐在皮椅上，忽然打开耀眼枝型吊灯。

强烈的灯光使书房变成了生机盎然的植物世界一隅。矮小的松树盆景直接放在地板上，并排摆放的微型垂柳盆景枝叶低垂。桌上花盆带剑形叶的金黄色和洁白花朵盛开，墙上玻璃框中的草本、花冠和树叶标本仍然保留天然色彩，鲜艳无比，奇形怪状，瑰丽无穷。

大自然赋予植物界的全部色彩，是如此丰富奇妙，无穷无尽的色调和原汁原味的韵致，似乎都汇集于此，犹如魔匣一样。

彼得·马克西莫维奇尽管年事已高、须发皆白，依旧动作敏捷，脸刮得光光的，戴一副凸面眼镜，一双带有几许惊异又慈祥的慧眼炯炯有神。他把对植物学的酷爱与搜集标本的癖好结合在一起。他收集到许多品种的珍稀植物。

彼得·马克西莫维奇特别感到骄傲的是，那块横切面磨得光光的 800 年前的美洲巨杉树干。在树干横断面上，在世界上发生重大事件的年轮边缘上，彼得·马克西莫维奇都钉着一块小铜牌，上面镌刻着 "发现美洲" "牛顿逝世" "彼得一世亲政" "1812 年莫斯科大火" 等，一直到 "十月革命"。此后年轮已尽，因为此树是 1918 年锯掉的。

彼得·马克西莫维奇终生未娶，膝下无子嗣。他的生活由他的妹妹波林娜·马克西莫夫娜，一位不起眼的有点驼背的老太婆管理。

今年夏天，柯利亚留在列宁格勒实习，跟随彼得·马克西莫维奇一起研究城市绿化及在城市周围、工厂、工人村四周建造绿化带和开辟公园的课题。

这项工作的意义特别重大。社会主义国家要求把尘土飞扬、炎热闷人的城市变成有益于居民健康的花园城市。

新的城市规划必须拥有大花园、林阴大道、公园、湖泊池塘和城郊禁伐林带。

彼得·马克西莫维奇经常与大学生们研究那份经过反复缜密思考的城市规划。

首先应当弄清花园、公园和城郊林带对城市生活的影响。过去，很少有人谈及花园、公园和城郊林带能从空气中吸收致人于死地的、城市中大量积累的二氧化碳，并恢复有益健康的氧气；也很少有人谈到花园、公园和城郊林带能减缓风力，吸收尘埃和有害气

体，赏心悦目，提高生活情趣。而这一切也都需要论证。

彼得·马克西莫维奇如今全靠他的几个学生协助做此项工作。得到每一项论证都使他高兴，他的欢乐常常以挖苦人们不"像人一样生活"的责难口吻来表达的。

柯利亚从来没有见过像他这样冥顽的城市反对者。在这个问题上，彼得·马克西莫维奇明显地矫枉过正了，他只是考虑到资本主义文明城市。按照他的说法，最有害的莫过于古老的城市——几百万人拥挤在一块狭窄土地上的既气闷乏味又有害健康的旧窝。与此同时，广阔的、适于生活的绿色土地，就在身边。

"人的生物学年龄平均为 150 岁，"彼得·马克西莫维奇说，"现代文明国家的人只活到这个年数的一半。他们的另一半生命让资本主义城市剽窃了。"

彼得·马克西莫维奇常常援引伦敦为例，把它比喻为世界上最丑恶的城市。

伦敦天空烟尘滚滚，浓烟遮日。此外，大雾弥漫。经测定，那臭名昭著的伦敦大雾，主要是因煤烟所致。烟尘越多，雾就越密，越浓。只要粗略统计一下空中有多少煤尘落在这个终年阴沉灰暗的城市，就可以说明笼罩伦敦烟尘令人瞠目的数量。据统计，伦敦每平方千米每年落下的煤尘有 400 吨之多！

伦敦人的肺脏，不是粉红色，而是黑色的。结核病和佝偻病患者，世界上任何地方也没有伦敦那么多。难怪此病又名"英国病"。

彼得·马克西莫维奇如此令人信服地谈论西方人，谈到他们身心受摧残，受毒害，他们注定早亡，以及他们渴望森林的清新空气。他们渴望阳光，尽管他与他们非亲非故，却为他们的命运而忧心忡忡。

我们国家，不会也不可能产生这种悲剧。彼得·马克西莫维奇要求学生熟知老城改造和新城建筑的规划。改造后的老城和新建城

市，工厂和居民住宅应当绿树成阴。

他不仅给学生讲造林学，而且讲解布置花园和公园这门异常复杂且引人入胜的艺术，例如栽树要考虑到明暗搭配，以便使五色斑斓的树叶令人赏心悦目。一俟秋天降临，一些树木的金秋黄叶把绛红色树叶衬托得更加耀眼夺目；再配以淡紫的树叶，则更为绮丽完美。

这是一门被人忽视了的学问，来不及总结经验。园林艺术的高雅俊逸，一直在攫住彼得·马克西莫维奇的心，令他心驰神往。

彼得·马克西莫维奇还不只限于口头讲解，有空便率领学生到普希金公园、加钦公园和巴夫洛夫斯科实地参观。他把人类劳动与天才思维所创造的景点之完美无瑕，栽种前思考之缜密周详，原原本本地讲授给学生。这里的一切景物，直到树皮的颜色、树干的粗细以及可供庄严肃穆景色生辉的光洁如镜水面的大小，都能以美妙和谐、感染力强而振奋人的精神。诚如普希金所说，这是印象的感知与印象传导给予他人的最佳配置。换句话说，这种最佳配置能引发人的激越灵感，而这种灵感正是我们从事伟大艺术创造必不可少的。

彼得·马克西莫维奇说，有必要强制这些保守派学者到这几个公园走走，看看。他们至今仍坚持说，人干预自然生活，必定使自然界畸形发展，并会削弱它的自然力。

在人类创造的公园里，缘何谈及什么畸形发展问题呢？这样的公园哪一点不如未开发的原始森林呢？相反，它倒是优于原始森林，既有利于人类健康又绮丽壮美。公园里的树木绝不会像自然界树木常常遭受意外的损害。

今年夏天，彼得·马克西莫维奇交给柯利亚一件十分有意义的工作，即查明森林与公园对城市空气成分和空气清新度的影响。柯利亚首先研究森林防尘课题。列宁格勒周围松林环抱，可从松林

入手。

　　学院的学生宿舍因修缮而暂时关闭，所以彼得·马克西莫维奇建议柯利亚暂时迁到他的标本室居住。柯利亚欣然同意。

　　柯利亚整天在城内公园和各岛上度过，有时到城外环城森林工作。要查明树上的针叶和阔叶的密度，以确定"各种乔木的防尘功能"。

　　这项工作复杂而且要求精细，不仅要采用新的方法，还得绮密计算。

　　安菲萨可能近日要来列宁格勒。柯利亚一想到这儿，计算马上就出差错。安菲萨答应行前拍电报在邮局待取，所以柯利亚每天要跑邮局。可是，电报始终没有来。

　　柯利亚一直拿不定主意，安菲萨到列宁格勒后如何安置她，她将住在哪儿呢？住旅馆太贵，而且不论安菲萨还是柯利亚，在列宁格勒都没有亲戚。加上天气好像故意作对，既阴冷又潮湿。太阳偶尔露一下脸儿，晒热了空气，列宁格勒人才想起夏天还没有过完。

　　柯利亚终于完成了他的工作任务。据他统计，1公顷土地上生长的针叶树的树叶面积累计约有30公顷。

　　如果把一棵古松的全部针叶拔下来，放在地上排成一条直线，可长达200千米。这一统计数字本身说明，松树的针叶是尘埃难以穿越的屏障，且不说阔叶树和灌木了。后者的防尘作用大大优于前者。

　　此后，柯利亚又着手计算城市不同地区的尘埃量。城内有的地区根本没有绿化带，有的地区有花园和公园。接下来，把上述地区尘埃量与城郊林带做个比较。其结果是，花团锦簇、树叶茂密的叶拉金岛上的尘埃量，是纳尔瓦海峡附近的1/50，而城郊林带的尘埃量为叶拉金岛的1/30。

　　柯利亚终于收到了电报。他打开电报一下子懵住了，电报上写

着"九日到达暂住丰丹街二十八号作家列昂节夫宅邸等你安菲萨"。

从哪儿来的"作家"呢?

柯利亚到理发店修修脸面,对着镜子一照,发现人瘦了,晒得黧黑,不知为啥一个劲儿地微笑,合不上嘴儿。

他到了丰丹街。如今,就要在这个熟悉的城市里马上见到安菲萨,真像做梦似的,令他难以置信。一年之前,当他走在这个城市的街道上,安菲萨尚未走进他的生活,他的心是空泛的。

柯利亚在第三座院落的里面找到一幢二层小楼,踏上大理石楼梯,放慢了步履,按响了门铃。

门内有一条狗叫起来,又听到沉重的脚步声。一个壮实的男人打开门,他有一付饱经风霜的脸膛,须发斑白,身穿一件褐色绒衫。这位就是列昂节夫了。

"啊!"那位男人高兴地说,好像他与柯利亚相识已久,见过数百次面似的。"终于把您盼到了!是柯利亚·叶夫谢耶夫吧?安菲萨已等你两天了。请进。"

列昂节夫打开一个室内充满如烟似雾般阳光的大房间的门,安菲萨倚门立在阳光之中。她两眼望着柯利亚,口角含笑。她比一年前在利夫内时显得更加窈窕和丰润成熟了。

他们手握着手,彼此默默地相视片刻,而后羞怯地接了个吻。

"这不,你看……"安菲萨说,她的两颊泛起红晕,"你看,我们这不终于见面了。坐下,说说话。"

他们坐在铺着毡子的沙发床上。列昂节夫带上门,不知上哪儿去了。

"您怎么样?"柯利亚问道。

安菲萨刚想回答,那条狗就在门外又挠又抓,并大声嚎叫,要求人放它进来。安菲萨起身打开了门。一条满脸不悦、迈着它那短小弯曲四条腿的丑狗跑进屋里来,它的爪子在镶花地板上发出吧嗒

吧噔的响声。

"我特高兴，"安菲萨说。

"高兴什么？"

那条狗打个喷嚏，鼻子撞到地板，又走到已经关闭的门前，再次嚎叫起来，要人放它出去。安菲萨再起身打开门放它出去，随手带上门。

"一切都叫我高兴，"安菲萨从门口朝回走答道。"你知道，我一直拿不定主意是否来列宁格勒。"

那条狗又抓挠起门来，一声高一声低地嚎叫。

"噢，我的天啊！"安菲萨恼恨地说，又把狗放进屋来。

狗走到沙发床前，想跳到床上来，但又跳不上去，便发出刺耳的哀嚎。柯利亚抓住狗脖子放到沙发床上，它仍旧哼哼叽叽地叫个不停。

"你为什么不想来呢？"柯利亚问道，"我一直在等你！"

"真的么？"安菲萨欢悦地问道。

狗笨拙地从沙发床上跳下去，一扭一拐地朝门口走去。它用鼻子拱一下门，扭过头来望着安菲萨嚎起来。

"真烦死人！"安菲萨绝望地说，霍地站起来，打开门，把狗推出门外。

狗受了委屈，更加没完没了地哀嚎。此刻，列昂节夫回来了，抓住它扔进浴室，锁上门。狗立刻又哀嚎起来。

"你等着！"列昂节夫在走廊里低声说，"我还没跟位算账呢，鬼东西！"

"你看，"安菲萨提议说，"我们最好还是到街上走走吧。这条狗可真烦死人。我真不明白，谢尔盖·伊凡诺维奇怎么忍受得了。"

在门厅里，困窘难堪的列昂节夫试图挽留客人，但没有坚持。因为他明白，这条狗能使人丧失自持力，哪怕是正在谈恋爱的人。

他送走了安菲萨和柯利亚，但得到他们回来吃晚餐的承诺。

那条狗知道客人走了，没有带它同行，就拼命冲撞浴室的门，并大声嚎叫。

安菲萨和柯利亚在楼梯停下脚步，你看看我，我瞅瞅你，不禁哈哈大笑起来。

"不行，"柯利亚说，"这里没法生活。"

"现在只是头一天，"安菲萨说，"以后它会习惯的。"

他们来到花园。整个花园，直到古椴树树干，都沐浴在灿烂阳光之中。如果不是如同镀上一层淡淡金色的树叶飘落在地，那么没有人相信此时已是 8 月将尽时分。城市天空如此晴朗，似乎邻近的大海将其全部光泽都赠送给了城市，而其自身变得黯然无光、清澈剔透，像北方海洋固有的那样。涅瓦河上初秋薄雾升腾，神奇海军大厦的镀金尖顶在雾霭中闪闪发光。

他俩之间的谈话，只能意会，不可言传。他们谈起戏剧学院和喀山旅行、与列昂节夫相识，远的如梦中的故乡小镇，还有尼娜·波尔菲里耶夫娜、彼得·马克西莫维奇、柴可夫斯基和阿格拉费娜、季洪诺夫娜老太太，以及森林管理区和有关柯利亚的未来工作，一直到柯利亚说他们不能长久分离和安菲萨回答说这一话题根本不应提起为止。

后来安菲萨斜视柯利亚一眼，问道：

"你明白了么?"

"明白了。"

生活中往往有那样的时刻，一个词汇的涵义立刻发生变化。此时此刻，正是这样。词汇的产生、隐匿、消失，或被其他词汇替代，但每一个最普普通通的词汇，如"风"呀、"街"呀，甚至"是"与"非"，也可以用来表示爱惜或表示悲喜交集那种难以分清的奇特情绪，而双唇颤抖则预示着要笑逐颜开或流下幸福泪花的美

妙心境。

安菲萨和柯利亚在叶拉金岛上流连忘返，直到天黑才乘"北上电车"返回丰丹街 28 号列昂节夫家。

列昂节夫已等待他们多时。他是 5 天前才从林区归来的。普罗霍尔·斯捷尔利戈夫，那位健谈而性情温和的老头接替了他的工作。

林管区的人们，像送自家人一样欢送他远行，并邀请他明年一定再来。玛丽娅·特罗菲莫夫娜和巴乌林一直伴送他到城里，直接送他上了船。他们二人久久地伫立于高高的岸边，一直到轮船隐没在河流的转弯处。

落日西沉没人草原。畜群奔跑扬起的尘埃在河岸上泛起一片金黄，从轮船甲板上依稀听到母牛一本正经的长时间的哞哞叫声。

玛丽娅·特罗菲莫夫娜木然不动，巴乌林久久地挥动着帽子。

回到列宁格勒，列昂节夫至今怎么也上不了城市生活轨道。无论做什么事或想什么，总是突然想起他的森林中的工作，那长满石楠的林间小路，护林舍内挂钟的嘀嗒声，沼泽地上破晓晨雾，森林大火，梦境中的莱蒙托夫，与玛丽娅·特罗菲莫夫娜的河边谈话，一股忧郁之情从心底油然而生。与森林、与林区有关的一切，他都觉得可爱又可亲。思念玛丽娅·特罗菲莫夫娜的心情，他起初竭力从头脑中排除去，可实际上越来越频繁地想到她。他终于明白了，这个女人已经进入了他的生活，再也无法离开了。

安菲萨突然到来，大出列昂节夫意料，他高兴得几乎流下眼泪。他起初怎么也想不出安菲萨是怎么在列宁格勒找到他的，尽管他已在轮船上把他的地址留给了她。

为列昂节夫料理家务的，是一位来自斯维河畔的老太太。列昂节夫叫她"阿姨"并常常取笑她。老太婆很尊敬他，虽然也向安菲萨抱怨说，列昂节夫"不服老"。

"唉，他这一辈子，"老太婆悲悽地说，"他总是一会儿装上箱子，一会儿卸下来。总是走啊，走啊，天知道他到哪儿去了。现在又说去森林当护林员了。我也不知道该不该相信他。"

"是的，当然做过护林员，"安菲萨证实说，"我到过林区，我知道。"

"干嘛受这个苦！他书写的很少，这也罢了，可他到处乱跑，什么都想试试。他已经 60 岁了。"

次日，柯利亚领着安菲萨和列昂节夫到巴加列依教授家做客去了。

彼得·马克西莫维奇自然要让客人欣赏他的全部珍藏品，并且听了列昂节夫的推崇，觉得十分得意。他得知列昂节夫做过护林员，大加赞扬，并以此展开话题。他说作家不务正业，过分偏重心理描写，因而忽略了生活中其他动人的现象。

"人的心理实质上很少有变化，"他气哼哼地说，"爱情一类东西，千百年来重重复复地写。墨守成规！"

列昂节夫笑了笑。

"您不同意么？"彼得·马克西莫维奇惊愕地问道。

"当然不同意。人的心理变化是非常明显的。不过，这并不否定您关于文学新题材的见解。依您看法，应该写什么呢？譬如，可以写写您所从事的专业吗？"

"题材多得是，写什么都可以，写短篇，写中篇，写长篇小说，甚至可以写童话。"

"我还没有想到！"列昂节夫故意说，以此鼓励彼得·马克西莫维奇继续说下去。

"恰是要写童话故事。您知道，当我们这些造林的人要种松树的时候，是谁为我们搜集最饱满精壮的松果、最好的种子呢？是松鼠！我们是简单地找到松鼠准备越冬的松果库，夺过来。当然，我

们是在洗劫小动物。然而，应当百分之百有把握地说，比这再好的
种子您在任何地方也找不到。"

与彼得·马克西莫维奇谈话，使列昂节夫着了迷，留连忘返，
直到深夜才起身告别。在回家的路上，他对安菲萨说，他一定要写
一本有关森林的书，在这一题材面前要"脱帽致敬"。

安菲萨离开列宁格勒之前，柯利亚带她去了普希金镇。

柯利亚想让安菲萨看看当地的公园。

天气渐凉，已是初秋季节，但不是"秋阳高照，碧空万里"。
地上的影子模糊不清，斑驳一片。

半明半暗的光照落在淡淡的雾霭之上。不知为什么，这薄薄的
雾，这凋谢的花园，这苍茫的天空，都引发人们的淡淡的忧伤。

这种忧伤感觉整天伴随着柯利亚和安菲萨，直到傍晚，直到落
日余晖把花园染成一片金黄的时刻。毫无生气的池塘的平静水面反
射出来的落日余晖，又给它增加几分傍晚的萧索气氛。

此前，柯利亚和安菲萨一直久久地坐在青年时代的普希金塑
像前。

安菲萨用手托腮，若有所思地凝视诗人塑像。而普希金也倚一
只纤细的铜手，看着安菲萨，仿佛在构思一首轻快的情歌，以此向
前来造访的姑娘表示敬意。

黄昏，普希金的整个塑像沐浴在落日霞光之中。他的矫健身形
迸发青春活力，在叙说着怀有梦想和朝气蓬勃的青年时代。

看样子，普希金好像马上就要跳到地上，向柯利亚和安菲萨走
来，与他们并肩席地而坐，讲讲花园，说说皇村中学的轶事，谈谈
诗歌。

一整天，安菲萨内心怀着一种说不出的忐忑不安心情。

她自问，这到底为什么，为什么这样惴惴不安，为什么要离开
花园的时候害怕夜晚降临了呢？

　　她怎么也理不清自己的心境，但她知道，这普希金的青铜像、这半环形的皇村中学、这渐渐隐没在淡紫色树叶之间的卡梅罗诺夫画廊、这粗壮的椴树干（真想把脸贴上去，就像贴在亲人的脸上一样）、这水面的反光、这黄昏时刻、这星辰开始纯真闪烁……所有这一切都被某种统一的东西联结在一起了。一旦其中一个现象消逝，那么其余的一切都会黯然失色。

　　她不能理解这一层面，也说不清这种感觉是什么，但她整个身心感受到周围环境的完美和谐氛围。

　　夜幕下垂时，他们依旧不愿意离开公园。他们久久地与公园道别，在曲径通幽的小路和池塘小桥上徜徉徘徊。

　　花园好像酣然入睡，已不省世事。公园的夜静悄悄，在万籁俱寂中只有树梢落叶飘零散落草地的飒飒声，关闭了的喷泉滴下的水珠落入池塘的嘀哒声，鸟儿在睡梦中的叹息声，无声的诗朗诵——只有你一人能听到而其他人听不到的熟悉诗句："绚丽壮美的花园，在你这圣洁的黄昏时分，我俯首垂肩走来……"

　　在高高的天边一角，最后一抹凝重的紫色迥光依稀可见。但黑夜已开始镇定地、威严地、不容分说地笼罩整个公园。

　　最后，在此暗夜中只有一种声响，那就是美女塑像手中的破罐滚下的汩汩水声……

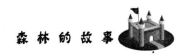

森 林 的 故 事

家园的故事丛书

与读者会见

　　整个冬天，列昂节夫在艰苦的劳作，在不停的写作中度过。翌年 6 月，他决定再上林区，到巴乌林那里去一趟。

　　在国内，从乌苏里边区到敖德萨，从巴伦支海到撒马尔罕，大概没有哪个省份列昂节夫没有去过。可是，他从来没有遇到比这片禁伐林和他的第九林段更好的地方。那里的一切他都感到可亲可爱，那里的一切让他心情平和，那里的一切又是那么令人至亲至爱，如同我们尝尽了人生五味，成年以后又重新回到母亲老家的那种感受。

　　列昂节夫也有人类的通病，人类共同的弱点，即幸福唾手可得，他却延宕不前。期待中的美事，既给他带来了欢乐，又使他忐忑不安。即将与玛丽娅·特罗菲莫夫娜会面，使他欣喜若狂，却又深藏不露。

　　因此，他不乘火车途经莫斯科，而是乘轮船取道斯维尔、马林斯科水系和切列波维茨。

　　他是带上几本百读不厌的书上路的，其中有《契诃夫书信集》和《苏联植物志》。后者是一位年轻的天才学者柯热夫尼科夫撰写的。列昂节夫读得津津有味，好像小孩读旅行和历险故事书籍

143

一样。

　　过了维捷戈拉，两岸森林郁郁葱葱，又换了一批旅客。最后一批城里人旅客下船了，船上都是林区的人，有树脂采购人员、伐木工人、猎人、猎熊人、土地测量员。人们在甲板上谈论采松脂、松节油、森林采伐和集材，谈论松树花开提前，木材纹理细密，谈论如何防治 5 月份金龟子咬幼龄松树根以及其他有趣的事情。

　　早晨，轮船到达别洛泽尔斯克。白湖上浓雾弥漫。整个甲板和岸边建筑物上布满露珠，虽然太阳当空照耀，露水依旧不干。

　　船在别洛泽尔斯克停靠时间很久，列昂节夫到城里走走。他一直走到城郊。他走过最后一幢木头房子，是一片生长桦木林的多草墩的土地。他坐在一个小铺门外吸烟。从房子走出一个大约 14 岁的男孩，亚麻色头发，光着头。他见到列昂节夫，不好意思地拉拉上衣，向列昂节夫问个好。他不时斜睨列昂节夫，开始修理壕沟上坍塌的木桥，用斧头砍掉朽蚀的木板。

　　"你上学了么？"列昂节夫问道。

　　"上六年级，"男孩没有抬头回答说。

　　"你读过不少书吧？"

　　"遇上什么读什么。我夏天读的多，冬天没有时间。"

　　"那么你喜欢哪位作家呢？"

　　"我都喜欢，"男孩放下斧头，笑吟吟地望着列昂节夫。"我喜欢普热瓦利斯基、列夫·托尔斯泰。还喜欢法国作家雨果。"

　　"那么现代作家呢？"

　　"高尔基，"男孩回答说，"还有列昂节夫。"

　　"谁？"

　　"列昂节夫。难道您没有读过他的作品么？他写打猎的书，还写我们各州的故事。我一看他的书，马上就想坐上轮船出门旅行。您是列宁格勒人吧？"

"是的，"列昂节夫回答说，"是列宁格勒人。可是我没听说过列昂节夫这个作家。"

"我这就给您拿来看。"男孩说着就跑进屋里去了。

"真凑巧，"列昂节夫自言自语地笑着说："与读者会见了!"

列昂节夫常常与读者会见，而这次与一个小孩会见，却特别高兴，深受感动。

男孩带来一本老早以前列宁格勒出版的书，一本读得旧了的卷边发软的他的旧作。

"您一定读完它，"他说，"我们这里的人都读他的作品，就连那个老太太，她已经 70 岁了，她从前是这里的老师，现在走路都困难，她整天坐在花园里读……您现在住在别洛泽尔斯克吗？"

"不，我是过路的。从船上下来走走。"

"真可惜，"男孩说，"不然我可以借给您。书中描写植物棒极了。我们在学校与彼得·伊格纳季耶维奇朗诵过，就决定建一所学校花园。"

"怎么，建成了吗？"列昂节夫轻声问道。

"当然啦! 连整个街道都种上了树。您瞧吧，就是这些小白桦树。有两株叫耳朵残缺的野小子踢球折断了。叫我们好一顿揍。全班出动。现在他们乖乖地在牧场玩耍。"

列昂节夫朝街两旁看，幼小白桦树的闪光嫩叶在沙沙作响，在木制人行道上投下淡淡的影子。列昂节夫感受到白桦书皮的温馨气息。

他的胸中感到有种东西一阵压抑，于是长吁一口气，站起身来，向男孩伸出一只手说：

"好吧，谢谢! 我该走啦。好好干吧。"

他返回码头。由于这次会见使他激动万分，一路上什么也没有看见。"这是一种奖赏，"他想，"比这更好的，大概我也不需要。"

他正沉浸在这次会见的幸福感受的时候，见到一个年轻女人，哭哭啼啼，披头散发从一间收拾干净、窗台上放着常青天竺葵的小房子跑出，一只手把短衫掩在胸脯上，另一只手敲邻居房门。她拼命敲，呜呜地哭，也不擦眼泪，泪水顺两颊流淌，落在红色布衫上，留下暗黑色斑斑点点。他疑惑不解地停下脚步。

"出了什么事？"列昂节夫问。

女人转过身来，用充满泪水的蓝眼睛气哼哼地看着他的脸说：

"怎么，您还不知道？开战了！"

"什么？"列昂节夫问，觉得自己脸上也出现紧张而不自然的微笑——这是一种茫然失措的表现。

"什么'什么'！"女人生气地说，"莫洛托夫刚刚宣布。无线电广播的。今天一大早，德国人突破我们的国境！"

"是这样！"列昂节夫望着那女人说，"这么说，是突然袭击？"

他一下子冷静了，镇定下来。他想安抚这个女人。但没有说任何安慰的话语，而突然说：

"快去洗洗脸，梳梳头。在这一时刻，不该这样……"

"我的天啊！"女人说着，脸刷地红了，"我一听到宣战，就懵了。拔腿跑到达莎大婶家。我家米萨在军队。请您原谅我这样……"

列昂节夫转身回到码头。一切立刻变了样，就连太阳光和空气都变了，周围事物，途中的一切都意识不到了，无论那寂静篱笆墙满生着荨麻的小巷，无论街上相遇的匆匆到什么地方去的人们，也无论清晨树叶闪闪光亮以及那母牛的哞哞叫声，都没有留下印象。

到了切列波维茨，列昂节夫下了船，改乘小车返回列宁格勒。

两天之后的夜间，面色苍白、人已消瘦了的安菲萨带来一位上了年纪的陌生女人，尼娜·波尔费里耶夫娜，柯利亚的母亲。列昂

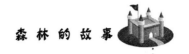

节夫像迎接亲人一样接待她们，虽然尼娜·波尔费里耶夫娜还是初次见面。列昂节夫立刻与他的老阿姨张罗起来，请她们洗漱、吃饭，安置房间休息。

安菲萨把列昂节夫叫到一旁告诉他，说尼娜·波尔费里耶夫娜一听到战争消息，立刻奔向莫斯科找安菲萨，于是她们俩人就前来列宁格勒找柯利亚。柯利亚应是最近就要应征入伍。

而后，安菲萨红着脸说，请他原谅，她直接闯到列昂节夫家来。因为旅馆一个空房间都没有。

列昂节夫开头还没有明白她的意思，后来他明白了，便生气了。

"我真没有想到，"他说，"您说得还不少呢！你也好，柯利亚也罢，都是自己人，虽说我们萍水相逢，也没有什么说的。这个家，就是你们的家。这类事，您别再扭扭捏捏的不肯出口！"

安菲萨握住列昂节夫一只手，轻轻地抚摸着。

他们站在打开的窗前。时间已是深夜。河上的潮湿空气涌进房间。城市上空笼罩虚幻的北极光。空荡荡的街上响起巡逻队脚步重浊的回音。

"应当挺住，"列昂节夫说，"要稳住神，那就什么也不怕了。"

"是的，"安菲萨说，她那两只闪光的大眼睛望着窗外，"是的，谢尔盖·伊凡诺维奇。"她重复一句后，双手扶着窗框，久久地望着白夜、涅瓦河上空和岛上的模糊的霞光。

阿格拉费娜

随着年龄的增长，阿格拉费娜像思念亲人一样，开始思念起柴可夫斯基来。她总是想跟谁聊聊柴可夫斯基，回忆回忆往事，可是偏偏没有空，也没有人可以谈。

"我真是老糊涂了！"阿格拉费娜责骂自己，"他离开了这儿，一年后也许连我叫什么名字都忘了。我可真是越老越糊涂了。"

二战爆发后，年事已高的音乐家们都被送到东部的某个地方去了，疗养院上了锁，钥匙交给阿格拉费娜保管。然而由于战争期间没空，阿格拉费娜一次也没到疗养院去过。

深秋，法西斯强盗占领了省城。炮声很快就传到了阿格拉费娜的村庄。

阿格拉费娜病倒了，她两腿发软，像棉花做的一样。待她刚刚病好，开始下床走路的时候，敌人来了。就这样，阿格拉费娜和几个年事已高、行动不便的老人被困在了村子里。

法西斯强盗们手持黑色武器，坐着灰色汽车闯进了村子。敌人的武器上好像涂了层沼泽泥巴似的，连他们说话也是一股"沼泽味"，叽哩呱啦地像蛤蟆叫。那些遮在宽边钢盔帽下的德国兵的脸，也像蛤蟆一样：两片薄薄的嘴唇略带黄色，冷冰冰的大眼睛白不呲

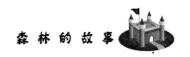

咧的。法西斯强盗们穿的靴子像桶一样，又肥又矮，走起路来"咕咚咕咚"直响。

德国鬼子进村的第一天就下了毒手，把阿格拉费娜的一个亲戚——守林员奥努夫里吊死在白桦树上，因为他们正看见他在锯林间小河上的那座桥的桥桩。虽然奥努夫里为此献出了生命，但他毕竟还是给法西斯强盗设置了障碍：他们不得不把已毁坏的桥拆掉，重新建桥。为了造桥，德国鬼子开始砍伐树木。他们越砍越多，整片整片的林子被砍光了，而且砍得简直不成样子：留下的树桩足有一人高。德国鬼子把木材搬进了掩蔽所，随后又运来锯木机，把锯好的木板运到他们的后方，大概就是运回德国了。

除了几个老人外，村子里还有一个9岁的男孩，叫帕什卡。村里的人撤离时，他正在生病，于是便和阿格拉费娜一起留下了。他装成傻子，说起话来颠三倒四的。他老去缠着那些德国大兵，求他们随便给点什么，比如香烟盒、子弹、纽扣之类。帕什卡就这样渐渐得到了德国大兵的信任，他们拿他来取乐，捏捏他的狮子鼻，甚至还送给他一件草绿色的旧军装。帕什卡神气活现地把旧军装披在一边肩上，像披上了西装一样。他成天在村子里和森林里闲逛，探听到各种各样的消息，回来告诉阿格拉费娜。

又到了这个时节了：所有的秋雨都已下完，风吹掉了树上最后的几片叶子。夜里已经开始上冻，干巴巴的土地踩上去发出"咔咔"的干裂声。眼看着就要下第一场大雪了。

黄昏时分，阿格拉费娜总是坐在窗前，也不生炉子。在被德国鬼子侵占的土地上过日子，总让人感到心里发慌，整天不得安宁。只有到了这种沉寂的黄昏，阿格拉费娜才得以歇息——四周黑漆漆的，谁也看不见她，屋里安静得连村边的狗吠声都听得见。

阿格拉费娜早就拿定主意，只要一听到德国鬼子的皮靴声，就悄悄溜出去掩上门，藏到板棚里，在那里避一避。但愿这群强盗别

151

来惹她，缠着她要这要那的，也别没完没了地盘问她。

可是这次，阿格拉费娜想得太专注了，等她醒悟过来时，德国鬼子已经进了她的家。他们是两个人。阿格拉费娜早就见到过这两个家伙。一个瘦瘦的，长着鹰钩鼻子——说不上是德国人还是罗马尼亚人，他说的俄语怪腔怪调的，句子非常短，说话时两手一直插在兜里，眼睛盯着阿格拉费娜，不时还笑一笑；另一个长得敦敦实实的，穿着件紧巴巴的军衣，脚蹬一双黄皮靴。

这两个德国兵是来向阿格拉费娜借茶炊的。他们向阿格拉费娜解释说，是将军要用茶炊，因为今天是他的喜庆日子：他从元首那儿得到了奖赏——一枚铁制十字勋章，所以他想用地道的俄国茶炊煮茶请自己的客人们喝。

"你们的这个将军，他人在哪儿呀？"阿格拉费娜问道，"我们村里压根儿就没有什么将军。"

"在森林里，"那个鹰钩鼻子说，"森林里的那座旧别墅里，将军现在就在那里宿营。"

"哎哟，"阿格拉费娜说道，"你们怎么老是撒谎呢，想糊弄人吗！那房子早就钉死了。"

两个德国兵什么也没解释，又向阿格拉费娜要起茶炊来。

"你们会把它给我烧坏的！"阿格拉费娜生气了，"恐怕你们从来也没用过茶炊吧？"

两个德国兵没吱声。

"我自己跟你们去，给你们这位将军烧茶饮吧，用完后我再把茶炊带回来。要是相信了你们可就要倒霉了！让你们把茶炊拿走，可能连影子都找不回来。"

两个德国兵为难了。只见他们叽叽咕咕地商量了几句，甚至争论起来。最后，那个鹰钩鼻子说：

"请吧，请吧！我们想将军会满意的，一个俄国老妇人亲自把茶炊借给他，亲手给他煮茶，就像电影里一样。"

出门时，阿格拉费娜带上帕什卡，以防万一。两个德国兵走在前边，小心翼翼地端着茶炊。

"帕什卡，"阿格拉费娜小声问道，"德国鬼子真的驻扎在那座房子里吗？你怎么没告诉我一声呢？"

"哪座房子？音乐家们的疗养院吗？"

"是啊。"

"他们进去才3天，我也是今天才知道的。那儿大概是司令部，将军就住在那里。他一头白发，那张脸长得像骟马。他身边还有几个军官跟着。"

"行了行了，"阿格拉费娜忙阻止帕什卡，说道："现在别再讲了。"

他们穿过一片小白杨林。这天晚上既无星星也无月亮，但地上不知打哪儿投下一片昏暗的光。林子里一片寂静，只听见白杨树枝上残存的几片孤叶的窸窣声。

昏暗的光突然颤动了一下，隆隆的炮声随之滚过地面，一直滚到夜幕深处，许久才渐渐静寂下来。两个德国兵停下来，把茶炊放到地上，竖耳倾听。

"索①!"穿着紧巴巴军衣的德国兵摇着头说。

"你明白吗？"阿格拉费娜问帕什卡。

"明白。"帕什卡简洁地答道。

路向前方潮湿的森林里延伸。前边是一片白濛濛的浓雾，沼泽上有一座老朽的小木桥。

走近小木桥时，传来了第二声炮响。炮声震颤着潮湿的夜，震得灌木丛中停滞的凉气扑面而来，震得黑魆魆的沼泽水面上漾起一

---

① 德语的感叹词"SO"的译音，意思为"唔"。——译者注

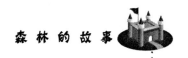

阵阵微涟。

就在这像轻松地喘气似的炮声中，蕴含着镇定和力量。

阿格拉费娜笑了笑，用手擦了擦发干的嘴唇，扫了德国兵一眼。

"怎么有这样的怪事呢？"阿格拉费娜心中思忖着。一切都是熟悉的：这片笼罩在雾中的洼地（她还是姑娘时曾在这里放过鹅），这座小桥（它早在彼得·伊里奇住在这森林里的房子时就有了，彼得·伊里奇常顺着这条路走到他们村里去），还有这个被雨淋得变黑的干草垛——这一切都是自己的啊！可你瞧，现在这帮穿着筒靴的法西斯强盗却在这里践踏着。"小鸽子远远地飞去了，让我们来看一看，它们降落在何方？"

施图姆普夫将军高高的个子，剪得像刺猬似的头发已经花白，腮帮上长满了敷了粉的青斑，这是无法治愈的粉刺留下的痕迹。此时，他正在为得到元首的奖赏而洋洋得意。他想像着，不久的未来他将坐在柏林帝国办公厅里开将军会议，他胸前的十字勋章将映在光滑的桌面上——可不能用手去触摸那铮亮的桌面，一摸就会留下汗斑，很久都褪不掉。

据说元首极其厌恶这些汗斑，因此谁也不敢碰桌子，个个都挺胸坐着。正因为怕看见元首那副狂怒得抽搐的面孔，所以大家只看着光洁的桌面上倒映出的元首的脸，这样比较安全些。

还有一件让将军心满意足的事，就是林学家巴尔岑从柏林到他的军队驻地来了。将军本人出身于一个邮政职员家庭，从小就敬重贵族。他喜欢他们从不为了什么而局促不安的做派，喜欢他们身穿高贵的衣服和潇洒的举止，喜欢他们有勇气对元首的某些行为抱宽容的态度，好像他们心里清楚元首毕竟不过是个上等兵，掌管国家的主要力量并不在元首手中，而是在他们手中。

将军把巴尔岑安置在森林中那座别墅最好的一间屋子里，据

说，那曾是俄国著名的钢琴大师柴可夫斯基住过的房间。

巴尔岑此番前来，据他自己讲有三个目的：首先是对处于战争环境中的军队将士们表示敬意；其次是到俄国做一次有点儿不合常规的旅行；最后，顺便考察一下俄国这一地区的森林质量和森林面积，因为他已获得为德国砍伐这些森林的权利。

将军心里当然明白，这个所谓"顺便"才是巴尔岑到这里来的主要目的。

巴尔岑已经巡视了开始砍伐并已运出木材的俄国整个西北地区，几乎快要走到了前线。由此将军断定，巴尔岑不仅是个能干的人，而且很有胆量。

将军对林业一窍不通。他瞧不起树木，认为木材对军事没多大用处，铁、铝、铜才是好东西，才是真正的军用材料，木材只能制造枪托而已。

吃午饭时，巴尔岑在高谈阔论，将军看上去彬彬有礼地听着，其实心不在焉。

"这么说，诸位先生，"巴尔岑一边说着，一边用圆溜溜的眼睛扫视着军官们，"原来你们都没有想到……是的，没有想到！木材会给你们带来多少好处啊！木酮和甲醇能用来制造炸药，而这些化学制品就是从木材中提炼的。是的，用木材！先生们，我们的敌人现在正想方设法烧毁德国的森林，想毁掉我们所有的森林！关于这点，敌人曾公然宣称并公开发表文章。在我们的森林里，至今还住着许多地精①，格列莱②也在那里一边梳着头，一边唱着歌。"

说到这，巴尔岑笑起来，将军也矜持地微微一笑——像他这种身份的人，是不好随便笑的。

---

① 地精：西欧神话中身材矮小的守护地下宝物的小精灵。——译者注。

② 格列莱：德国浪漫派诗人构想的半神女主角，在莱茵河畔用其歌声诱惑水手和渔人触礁沉没。——译者注。

家园的故事丛书

"他们要夺走我们的木酮和甲醇，想让我们完蛋。可他们忘了，我们有俄国森林作后备。我们要砍掉这些森林，如果需要，可以砍得一棵不剩。"

将军知道，巴尔岑对自己的事业能洋洋洒洒地谈上好几个小时，这当然会让人厌倦，不过，倒也应该重视这一点。

军官们显然也都很不满意这位学究式的林学家空话连篇的演说，他们交头接耳地议论着晚饭，议论着将军收到的一箱匈牙利白兰地。

可在吃晚饭的时候，巴尔岑又谈起他那令人乏味的林业来。喝得有点儿醉意的军官们纷纷提意见，说他真是太过分了。克纽普费尔中尉，这个目空一切并令人生畏的人，冲巴尔岑喊道：

"先生，您肯定又要说砍光俄国所有的森林，我看您这真是有点吹牛皮！"

"我们已经砍了一千多公顷了，年轻人！"巴尔岑一脸威严地说。

"不是你们，而是我们！"克纽普费尔带着威胁的口气纠正道，"是我们用工具和坦克把它们像割草似地割倒的。"

"安静点儿！"将军制止道。

将军逐个细细打量了一遍军官们涨得通红的脸，明白大家的情绪都很激动，可能会发生不愉快的事情。

"我们要堆一垛松木，堆得像天那么高，"克纽普费尔嚷嚷道，"然后把它们烧着，在这堆大篝火上给您，巴尔岑先生，烤一张特大特大的肉饼！"

"用什么做的肉饼？"上校问。上校的两只眼睛滴溜溜地乱转着，看他这副样子，就像动物在桌上寻找最美味的食物似的。

"用文官的脑浆！"

"您这个玩笑开得可不大好，"巴尔岑说着，朝将军扭过身来，

"我的将军，对不对？"

"开玩笑不是我的军官们的职责，"将军尖着嗓子答道，"我不能要求他们在这方面有技巧，谁会开什么玩笑就开什么玩笑。您别生气，巴尔岑先生，前线毕竟是前线，人们有权利不遵守礼节，稍微放松放松嘛。"

将军明白自己不该说这番话，但是他的脑袋里已经嗡嗡作响，脸上的青斑也涨得发紫了。去他妈的吧！

争吵开始了。正当他们吵闹得不可开交的时候，阿格拉费娜和那两个捧着茶炊的德国兵走进了这座房子。

吵闹声此起彼伏。起先像是在争辩，后来仿佛听见军官们"霍"地站了起来，开始挪动椅子。有人在制止另一个人，有人在央求："别动手，放了我吧！"巴尔岑喊了好几次："请注意，我的将军！"接着，不知谁哈哈大笑起来，震得破玻璃窗"哗哗"直响，大家喊叫着："哈伊！""哈伊！"随后，吵闹声很快转变成军官们聚会所特有的那种放纵的宣泄。

那两个德国兵在厨房里跟将军的勤务兵嘀咕了几句。接着，勤务兵去报告茶炊的事，回来时一脸得意的微笑。

"嗨，将军可高兴啦！"他说。

两个德国兵取来些水，慢慢地、小心翼翼地把水倒入茶炊里。显然，他们觉得这事挺有趣。当勤务兵从餐桌上拿了瓶已开启的白兰地，让他们一人喝了一小杯之后，他们觉得去借茶炊这一趟真值得。

阿格拉费娜生好了茶炊，坐在凳子上，一边理着头巾，一边打量着厨房。她当然不是可惜茶炊才跟来的——愿上帝保佑茶炊——她只是想知道德国鬼子们在这座可爱的旧别墅里干了些什么勾当。

自打一听说这房子里驻扎了德国鬼子后，阿格拉费娜的心就提了起来。她本来还以为这房子在森林里的僻静处，门窗都已经钉

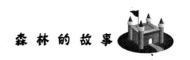

死，他们不会注意到它，不会碰它的……这可怎么办呢？他们千万别喝得醉醺醺的，把房子给烧了啊！瞧瞧，点了这么多的油灯！

厨房和整个屋子里都热烘烘的，窗帘也捂得严严实实，闷得人仿佛喘不上气来似的。天花板下弥漫着一层层的煤油烟，地板也弄得脏兮兮的。

想当年，彼得·伊里奇住在这座房子里的时候，费尼娅①到这儿来总是既胆怯又害羞。每次来之前，她都要在接雨水的桶里洗洗她那晒得黝黑、被野蔷薇和悬钩子划得伤痕累累的双脚。那时，地板总是擦得干干净净，不时发出咔咔吱吱的声音。地板上被太阳晒到的地方暖暖的，光脚踏上去，真是惬意极了。

无论白天还是夜晚，窗户总是敞着的。微风吹拂着窗幔，吹拂着摆在桌上的野花。

费尼娅几乎天天都给彼得·伊里奇送来一两篮草莓和几束鲜花。花是她在草地上采来的，她一采就是大半天，而且总是挑选同一种花——有时是野菊，有时是柳叶菜花，有时则是拉拉藤花。

到了盛夏，森林上空的霞光彻夜不消的时候，费尼娅就钻进利佩茨克庄园里，给彼得·伊里奇摘些丁香花。

淡雅的丁香花散发着阵阵幽香，花枝上挂满了露珠，倘若把脸贴在繁茂的枝叶上，就像洗脸了一样。每次送花来，彼得·伊里奇都会捏捏她的下巴，抬起她那红扑扑的脸蛋，说：“啊，你这个灰眼睛的小姑娘呀！”说完，一定会送些小礼物给她。

然后，他便坐到钢琴旁弹奏起来。钢琴上的丁香花微微颤动着，花枝上的露珠滴落在琴键上……

勤务兵碰了碰阿格拉费娜的肩膀，她蓦地从回忆中惊醒过来。

“将军要亲自谢谢您，”鹰钩鼻子说，“他非常满意。”

---

① 阿格拉费娜的爱称。——译者注。

阿格拉费娜整理好胸前的披巾，脸色苍白地站起身来。她强迫自己不去想这群德国鬼子正在放着钢琴的小客厅里，在彼得·伊里奇心爱的屋里狂饮作乐。这是不可能的！

可是，德国鬼子们偏偏就在这屋里狂饮着。阿格拉费娜走进去，站在门口，垂下眼帘，欠了欠身。

军官们鼓起掌，跺着脚，叫了起来。勤务兵把一小杯白兰地放在托盘上端给阿格拉费娜，有人还用钢琴弹起了欢迎曲。

阿格拉费娜抬起眼来，一下子挺直了身子……天哪，这是在干什么！

一个长腿军官正坐在钢琴前，那副坐相，让人看了都害臊：他把两条腿架在钢琴上，尽可能地叉开来，用他的长指头使劲儿地敲打两腿间的琴键。

"嘿，你这个无赖！"阿格拉费娜小声骂道，朝那个军官慢慢走去。那军官一边不停地敲打琴键，一边哈哈大笑，挤眉弄眼。

围巾从阿格拉费娜头上滑落到肩膀上，德国鬼子们看到了她那梳得整整齐齐的花白头发，愤怒得闪闪发光的眼睛，涨得通红的脸颊就像有谁刚打过她一巴掌似的。

她的心发寒了，仿佛濒临死亡一样，她明白自己该做些什么了。

"嘿，你这个无赖！"阿格拉费娜大声重复了一遍，紧紧抓住那个亚麻色头发的长腿军官敞开着的军服衣领。"狗崽子！法西斯畜牲！"

她抓住那军官的领子猛地一揪，军官摔倒了，圆凳子在地上骨碌碌地乱滚。

德国鬼子们都跳了起来，阿格拉费娜弯下腰，充满仇恨地盯着长腿军官的脸。

那军官从地上爬起来，咬牙切齿地骂着，手在马裤兜里飞快地

家园的故事丛书

掏着。他掏出了一把黑色的小手枪。

"哼，你这个法西斯畜牲！"阿格拉费娜仍旧大声地骂着。

"别在这里开枪！"一个军官大叫了一声。然而"砰"地一声，枪已经响了，紧接着，"砰砰砰"一连响了三声。

阿格拉费娜呻吟着后退了几步，抓住钢琴，吃力地坐在了地上。

"帕什卡！"她叫了一声，快喘不上气来了，"帕什卡，快跑！"

阿格拉费娜双手按在耳朵上，像是要摸摸耳环，但是耳环没戴。她又呻吟起来，摔倒在地板上。

炽热的黑暗中，不知从哪儿来的一股可怕的力量开始向她压来，她仿佛闻到了一股糊焦味儿，死神大概就要来了。"彼得·伊里奇，我给您采丁香花。"不知是这么想了想，还是说了这样一句，阿格拉费娜便没有声息了。

当帕什卡听到阿格拉费娜喊"帕什卡，快跑"时，他一下子跳起来，打翻了桌上的煤油灯，不知所措地朝门外冲去。他跑出院子，胡乱地向森林里飞奔。他被绊了一下，跌倒了，便一动不动地趴在地上，屏住呼吸，听到整座房子里的叫喊声乱成一团。

帕什卡回头看了一眼，只见厨房窗户里血红的火焰熊熊燃烧，有人在砸门窗，黑乎乎的浓烟夹带着火舌涌了出来。

士兵从屋里拖出了喝得烂醉的将军，接着又开始往外搬箱子什物。所有的人都在狂呼乱叫，忙作一团，惟有那个借茶炊的鹰钩鼻子站在一旁，双手插在兜里，吹着口哨，看着燃烧的房子。后来，屋子里有什么东西开始爆炸了——大概是手榴弹。

帕什卡爬得离房子更远了些，小声地哭泣着，用德国兵给他的旧军衣袖子擦着眼泪，哽咽着说："奶奶！奶奶！"

帕什卡躺在地上，把脸埋在落叶中，地面很凉，好像有什么东西在地里"沙沙"作响，也许是甲虫要赶在入冬前躲进土中，正在

挖掘温暖的窝吧。

远处的炮声越来越密集。帕什卡抬起头聆听着，小心翼翼地站了起来。天空像着了火似的，影影绰绰的闪光已经熄灭。帕什卡站了片刻，想了想，决定不进村了。因为德国鬼子曾经看见他跟阿格拉费娜在一起，要是被他们抓住，一定会被打死的。

森林里的那座别墅特别干燥，而且又小，想必已经被烧得精光了。只见房子坐落的那个地方微光闪烁着，就像一堆即将燃尽的篝火。

帕什卡在黑暗中摸索着，来到林边一处高高的陡沙崖上。森林里静悄悄的，丝丝凉气从草地向陡沙崖袭来。脚下一片漆黑，但在这黑暗中，帕什卡仿佛感到有人在行动——远处偶尔传来急促的轰鸣声。随即，一切又都沉寂下来了。

帕什卡爬到一个被风连根拔起的松树的树坑里，这里比较暖和，似乎也比较安全，像在掩体里一样。"我就在这儿坐到天亮，到那时看看情况再说吧。"帕什卡拿定主意，坐了下来。他把脸埋在两膝之间，帽子遮到耳朵上，渐渐睡着了。一片雪花飘落在他的手上，接着又是一片——天上下起了零零星星的小雪。帕什卡全身蜷得更紧了，头整个儿地缩进了衣领里。

帕什卡时而打盹，时而又醒过来。远处的炮声不久就混合成一片轰隆隆的巨响，照明弹像几百颗红星似的从远处城墙般的森林那边升起，在空中悬挂了片刻，便熄灭了。紧接着，天边那窜来窜去的亮光在接连不断地闪动着。

爆炸声越来越近了，炮弹落在了大道上。森林上空火光一片，那火光越来越红，向四面八方蔓延开来，然后升上天空，照亮了忧郁之秋的平原、森林和帕什卡的手。

"什么地方着火了？"帕什卡猜想着，"烧的面积那么大！我们这儿可没有这么大的林子。"

　　他一边看着火势，一边猜测着，心中不由得高兴起来：战斗的炮火越来越近，已经听得很清楚了，也许是我们的人冲破了德军的防线，凌晨就能打到这里吗？

　　奇怪的是，战斗好像是自己在进行，周围一个人影也没有，只有森林和被火光照亮了的松树树根。

　　火光越来越亮，大火已窜上漆黑的夜空。帕什卡猜到是森林着火了，大概是德国鬼子为阻挠红军的进攻而放的火吧。

　　大地在震颤，沙土震落到帕什卡的衣领里。

　　临近黎明时分，从东方飞来一架只闻其声不见其影的飞机，震得整个天空嗡嗡直响。一颗炮弹径直落在陡沙崖附近。帕什卡躺在坑底，蜷缩着等了很久，却没听见附近有炮弹爆炸，显然，刚才那颗是流弹。

　　帕什卡就这样躺到了天亮。拂晓时分，他看见红军的坦克从远处的路上直朝他们村开来，许多步兵跟在坦克后面奔跑着。

　　德国鬼子还在还击，他们的炮弹忽而这儿、忽而那儿地爆炸着，掀起了一团团扇形的黄烟。炮声越来越稀疏，到了早晨，炮声彻底停止了。帕什卡爬出树坑，小心谨慎地朝村里走去。

　　在村外，他第一眼看到的便是一大群被俘虏的德国鬼子，他们一个个冻得直哆嗦，垂头丧气地站在牧场上，等着红军的机枪手来点数。

　　把德国鬼子赶出巴尔捷涅沃后的第三天，帕什卡在村外蹓跶，看了一会儿拖重炮的牵引车便回了家。他发现阿格拉费娜奶奶家的小篱笆墙上拴着一匹带鞍子的栗色马，那马嗅着冰冻的土地，不时发出"哗啦"的响声。房门口站着一位上了年纪的黑脸膛军官，正跟村里外号叫"波库里"① 的老爷爷说话。这位老爷爷说话时总喜

————————

① 俄文 покуль 的音译，意为"当……时候"、"直到……时候"，为土语。——译者注。

欢用这个字眼，所以大家就给他起了这么个外号。

"波库里"爷爷看见帕什卡，对那军官说："瞧，这就是那个小男孩，叫帕什卡，德国鬼子占领这儿的时候，他住在阿格拉费娜家里，您问问他吧。"

军官微眯着眼睛，慈祥地打量着帕什卡。

"你好，帕什卡！"

"您好！"帕什卡迟疑地回应道。

"阿格拉费娜·吉洪诺夫娜现在在什么地方？"

"您要干吗？"

"想见见她。"

"她没了，"帕什卡用手搓着鼻子答道，"德国鬼子把她打死了……"

军官皱起眉头，一把抓住帕什卡的肩膀，而"波库里"爷爷突然浑身颤抖起来，他摘下帽子，花白稀疏的头发在风中飘拂。

军官把帕什卡带进屋里。他坐在长椅子上，让帕什卡站在自己面前，非常激动地问道：

"讲讲怎么回事，别怕。"

"您是谁？"帕什卡吸了吸鼻子问道，"是她的亲戚吗？"

"不是，但我跟她的女儿玛丽娅·特罗菲莫夫娜很熟。我是列宁格勒人。"

"您认识玛莎①?""波库里"爷爷问道。他也进了屋，在离他们稍远处坐下，把帽子拿在手中转着，眼睛盯着帽子说："这小姑娘长得很机灵，挺有能耐，跟她妈一样。真的，我们还在这儿刨土坷垃的时候，她已经成大器了。听说她是位林学家！"

帕什卡断断续续地给军官讲述阿格拉费娜奶奶的事：两个德国

---

① 玛丽娅·特罗菲莫夫娜的爱称。——译者注。

鬼子来拿走茶炊，于是他们到了林中那座房子里。就在那里，一个德国军官开枪打死了阿格拉费娜奶奶。屋里有盏煤油灯打翻了，着了火烧起来，德国鬼子什么也没来得及搬出来。

"波库里"爷爷在胸前画着十字，军官摘下帽子，一声不响地坐着。

"是啊，"军官终于开口了，"阿格拉费娜·吉洪诺夫娜是个非常纯朴的俄罗斯妇女……"

军官又沉默了。显然，他说不出话来。帕什卡尊敬地看着他。

的确，列昂节夫是说不出话来了。他一生中很少流过泪，而像现在这种情况更少有：嗓子里像是有团什么东西堵着，让人喘不过气来。

"在俄罗斯的村庄里有这样一些妇女……"不知怎的，他想起了许久已没念过的诗句。

"在俄罗斯的村庄里有这样一些妇女……"一整天，列昂节夫都在反反复复地念着这首诗。

战争一爆发，列昂节夫就参了军。从那时起到现在，他常常想起林区。他早已拿定主意，只要能从战场上活着回来，就一定要先到林区看看。

列昂节夫痛心地看着被烧毁的森林，他知道，德国鬼子已经砍光了乌克兰的优质橡树林。他亲眼目睹了像一片死寂的宽阔墓地似的被毁森林，那被砍去了枝权的光秃秃的树干耸入天空。

他曾在斯摩棱斯克省见到过一片实验落叶松林，后来德国鬼子把它们全砍光了，一棵也没留下。据林学家说，那是片古典森林：气势磅礴，品种纯正，环境幽雅。

列昂节夫清楚地记得，当时他一边欣赏这片森林，一边想，"古典森林"这个词真是太准确了，而且与文学、绘画、音乐中的"古典"这一概念很相称，朴实无华、形式完美、富有生命力——

这一切都在这片森林中极其鲜明地体现出来。

经常浮现在列昂节夫脑海里的不只是林区，还有他在那儿结识的朋友们。他想起了巴乌林、叶夫捷伊、玛丽娅·特罗菲莫夫娜以及她的母亲——一个美丽的老太太——的故事：柴可夫斯基曾送给她一对耳环。

这种回忆就像儿童文学一样，带着几分天真烂漫，时常萦绕在他的脑海里。尽管他觉得这是个作曲的好题材，而不是写散文的题材，但他还是决定待战争结束后把它写出来，尝试一下写短篇抒情小说的能力。事实上，他至今仍认为自己只不过是个地方志作家，甚至还为这种局限性而暗自伤心。

当他们的部队调到玛丽娅·特罗菲莫夫娜的故乡那一带的战线时，列昂节夫决定去看望阿格拉费娜，听她讲讲柴可夫斯基的事，顺便拜访一下音乐家曾经住过的老屋。

列昂节夫的笔记本上记有阿格拉费娜的地址：巴尔捷涅沃村。

他进村时发现，这村庄比他想像中的要好多了：整个村庄分散在山上，村边长着已经落叶的白柳，像一道透明的墙。山下的小河旁是一片草地，小丘上林木高耸。

森林深处还在燃烧，灰蒙蒙的天空中飘浮着一缕缕平稳的烟。

帕什卡领着列昂节夫到了森林中的火灾遗址。被烧毁的房子旁乱七八糟地散落着破箱子、碎报纸、脏绷带、空罐头盒、子弹和废汽车轮胎等。四周静悄悄的，十分安静。森林深处的花楸树枝上长满了黄澄澄的果子，黄莺在树上"啾啾"地鸣叫着。

列昂节夫摘下帽子，向火灾遗址默哀了几分钟，然后在森林里转了转，便和帕什卡一起回村了。路上，他给帕什卡讲了阿格拉费娜的耳环的故事，讲完后又补充道，应该找到耳环，把它寄给玛丽娅·特罗菲莫夫娜。

"耳环在她的箱子里呢！"帕什卡兴奋地告诉他，"我看见过的。

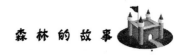

钥匙就放在神龛后边。"

回到阿格拉费娜家，列昂节夫从神龛后面找到钥匙，打开了箱子。箱子里放着一块黑丝绒披巾，披巾下是几件洗得干干净净的衣服，再往下是丝带、阿格拉费娜和玛莎——一个头发蓬乱、眼睛圆圆、表情紧张的小姑娘——的合影，还有一副扑克牌和公民证。最下面有个小盒子，打开一看，里面装着一对耳环。

列昂节夫把耳环拿了出来，走到窗前。只见每只耳环上都有一粒小小的水晶，闪闪发光。

列昂节夫把耳环放回盒子里，再将盒子装进自己上衣口袋里，然后照旧锁好箱子，把钥匙放回了原处。接着他在豁了口的桌旁坐下，从战地挎包里取出本子，写了三封信。

第一封信是写给当地的区执行委员会主席的。他在信中告知了阿格拉费娜牺牲的经过，嘱托他们一定要找到她的遗骸加以安葬，并说战后他将来这里，亲自负责修建纪念碑和坟墓。

第二封信是写给玛丽娅·特罗菲莫夫娜的。他不知道她现在何处，但决定把信寄到林务区去。他告诉阿格拉费娜牺牲的消息，并把自己的地址留给她。他很想写上"他等待她的回信"这句话，然而不知何故，他犹豫再三，最后还是没有写上。

第三封信则是写给安菲萨的。

列昂节夫参军的时候，柯利亚的命运如何尚不清楚。列昂节夫就这样只身走了，把安菲萨、尼娜·波尔菲里耶夫娜和柯利亚留在了列宁格勒。他把自己的房子交给了尼娜·波尔菲里耶夫娜看管。

现在他仍相信他们都还在列宁格勒，还没来得及离开那里。每每想起此事，他总是挥挥手，竭力想尽快摆脱这思念之苦。

在给安菲萨的信中，列昂节夫详细叙述了阿格拉费娜的牺牲经过，而对自己的战斗生活却只字未提。他在信的末尾这样写道：

"请你们保重自己的身体。我就像只老看家狗一样，时时思念着你们大家。如果我们都能活下来，那就让我来当你们的主婚人吧。您跟尼娜·波尔菲里耶夫娜一定生活得很艰难吧？还要挨饿，是不是？可惜我不知该如何帮助你们。柯利亚在哪儿？我这会儿还在打仗，脑子里总是想如何尽力为自己的国家和人民而战，为年轻人而战。无论如何也不能让年轻人过黑暗的日子，不能让他们失去对使生活充满意义和变得美好的事物的信念，以及由此而得到的快乐。吻您和尼娜·波尔菲里耶夫娜。"

不可动摇的时刻

在过去的和现在的生活之间，仿佛隔着层浓浓的阴霾。正如无法透过这阴霾分辨出青绿色的小丘和袅袅轻烟一样，也无法在战后看到以前的日子了。

"那种日子还会回来吗？"安菲萨想着，"当然会回来的，但是会不会还像以前一样呢？"

柯利亚自从上前线之后就一直没来过信。安菲萨每天早晨从睡梦中醒来时，都不敢去想柯利亚会发生什么事。

尼娜·波尔菲里耶夫娜能挺得住吗？她的额头已经爬满了皱纹，脸瘦得像拳头般大小了。不过，那夹鼻镜片后面的眼睛却依旧闪着严厉的目光。

列昂节夫现在在哪儿呢？他怎么样了？不知从什么时候起，安菲萨觉得他不在身边就像失去了生活支柱似的。这个慢性子的人突然间竟成了安菲萨生活中必不可少的亲人，她甚至觉得失去了他，她将很难生活下去——她没人可商量，没人可诉苦，听不到"一切都会好起来"的回答；她不能扑到他的怀里，搂住他，亲吻他那没有刮过的刺猬似的脸颊。

一旦得知出不了列宁格勒后，尼娜·波尔菲里耶夫娜就马上到

医院去工作了，安菲萨则参加了波罗的海舰队的文工团。

文工团飞往了埃泽利。这是一个大沙岛，岛上覆盖着茂密的松林。捍卫者们在长长的沙滩上挖了战壕，击退了敌军一次又一次的猛烈进攻。

安菲萨和女友们为伤员包扎伤口，给水兵们缝洗衣服。她们一天到晚身穿棉袄，脚蹬皮靴，皮肤都被海风吹得粗糙了。

夜晚很凉，大海不安地咆哮着，沙丘上的森林也在喧哗。凌晨时分，前线阵地上"噼噼叭叭"的枪声时密时疏地响起来，接着"哒哒哒"的机关枪声也插了进来。随后，迫击炮弹带着呼啸声飞着，大炮轰轰作响，水兵们又要说"节目如旧的音乐会"开始了。

河边的水被隆隆炮声震得直颤抖，黄沙飞进了掩体。安菲萨正和歌手济纳一起在掩体里给水手们洗衬衫。济纳是个长得很丰满、少言寡语的姑娘。她一边洗衣服，一边不停地唱着埃泽利岛流行的歌曲《大海》。有一次，一颗炮弹在附近爆炸了，头上的木板被震得哗哗直响，青苔从板棚缝中震落下来，安菲萨绝望地说：

"又来了！乱糟糟地落了一水盆！济纳，看来我们怎么洗也洗不干净了。"

"没关系……"济纳看了看手腕上的表，"再过 10 分钟，德国鬼子就该吃午饭了。到时候，我们赶紧到河边去洗。"

低空中响起了一阵飞机的轰隆声，附近的高射炮马上开火了。炮弹呼啸着飞向天空，这声音就像有人在惊奇地呼喊："叽——呜！叽——呜！"

"又要丢炸弹了。"济纳说着，忙用围裙擦了擦手，想捂住耳朵。

但是飞机没投炸弹，腾空飞去了。

炮火照旧在入夜时分停息了。夜里，在林间空地上，在茂密的森林里，常常出现德国鬼子们意想不到的情景：一片漆黑之中，音

乐会在木板钉成的战地舞台上开始了。

每当安菲萨摸到舞台上，水兵群中便有人打开手电筒，一束微弱的灯光照射在她的脸上。起初，安菲萨还眯起眼睛，后来就习惯了。手电筒的光照亮了她的脸，水兵们觉得这张脸是那样的温柔，大家不禁惊叹着，自言自语着："这真不错！"声音中带有赞美，带有感激，还带有爱。

安菲萨在舞台上朗诵短篇小说和诗歌。水兵们最喜欢普希金的"十月十九……"，安菲萨一念出头几句："森林脱下了它那深红色的衣裳……"四下里便静悄悄的，一点声息也没有了。

有时候，会有一个一脸窘色的水兵挤到台前，递给安菲萨一束石楠花，结结巴巴地说：

"第五哨岗的弟兄们采的……"

安菲萨看着这些明知自己要在这里战斗到最后一口气的水兵们，想到了柯利亚，想到了遥远的俄罗斯，想到了普希金。

假若普希金知道在如此恐怖的黑夜里是谁，又是在什么地方聆听着他的诗句，他的眼里会充满怎样的谢意啊！这是对自己人民的感谢。他们在这饱受战争磨难、颠沛流离、无家可归、充满悲伤的艰苦岁月里，也像在快乐和胜利的年代里一样，时时刻刻都在想念着他，永远忘不了这位早已去世、但至今仍备受人们缅怀的可爱的诗人。

当埃泽利岛再也无法呆下去时，演员们坐快艇转移到了一个叫达戈的岛上。

夜晚，安菲萨靠着快艇甲板上船长室的墙壁坐着。一个水兵用黑色军大衣裹住了她的腿，免得她着凉。

朦胧的雾气犹如水露一般洒落在人们的脸上和铜栏杆上。黎明一点点地冲破了雾幔，晨曦中，灰色的波浪翻滚着追逐快艇，它们似乎已经这样奔跑了数千年了。

174

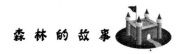

到达达戈岛后，他们随即又乘飞机回列宁格勒。在达戈岛暂停等飞机时，演员们在休息室里取暖饮茶，安菲萨从飞行员那里听到了列宁格勒遭到猛烈炮击的消息。

安菲萨坐在飞机里，用头巾紧紧裹着头和脸，暖乎乎的。风吹得座位前的破玻璃风栏呼啦啦直响。

她朝下面看了一眼，只见灰蒙蒙的大地上有无数个黄色小亮点在闪烁。安菲萨猜测，这一定是秋天的白桦林，朝阳的光芒透过云层，低低地照射在它们的黄叶上。

飞机飞行了很久，演员们一个个都昏昏欲睡了。一个飞行员转过头来冲安菲萨使了个眼色，让她看看下面。她看到离飞机不远处无声无息地骤然腾起一朵朵小白云，原来是高射炮的炮弹爆炸了。安菲萨明白了，此刻他们正在飞越火线。

终于，列宁格勒在灰蒙蒙的雾气中出现了，它依旧是那样的壮丽而威严。街上有些地方着火了，冒着滚滚浓烟。

尼娜·波尔菲里耶夫娜一见到安菲萨，突然不自然地手忙脚乱起来。安菲萨的心一下子沉了下去，以为柯利亚出了什么事。其实柯利亚还活着，而且已经来过几封信了。尼娜·波尔菲里耶夫娜之所以慌乱，是因为她实在没什么东西可以让又冷又饿的安菲萨填饱肚子。

"我都不敢认你了，"尼娜·波尔菲里耶夫娜说，"你瘦得太厉害了！可我只有面包和茶，还有点糖。"

尼娜·波尔菲里耶夫娜把茶壶放到炉子上，很快茶壶就发出了轻轻的嘶嘶声，像是在唱歌，然后又咕嘟咕嘟响起来，沸腾了，溅出了水花，似乎在为自己能这么快就做好一件虽微不足道但却十分有益的事而高兴。安菲萨凝视着热气腾腾的茶壶，突然发现，在战火纷飞的岁月里，有些东西对于人还是相当友好的。

冬天在封锁期间到来了。城里不时轰隆隆地响起巨大的爆炸

声，人们对此已经习以为常了。房子都上了冻，乍一看，人们只有一丝生气了，可是人们仍顽强地活着，不顾一切地奋力抵抗着敌人。

夜里，一位年迈的女工睡着了就再也没有醒过来。她干干净净地躺在那里，头发梳得整整齐齐，脸上带着一种已尽职尽责的神情。

封锁期间，列宁格勒仅剩唯一的一座歌剧院收留了安菲萨。演员们在冰冷的舞台上表演，观众则裹着皮衣棉袄在台下观看，冻得连鼓掌都无法摘下手套来。若是空袭警报响了，大家马上撤到宽敞的地下室去，演员们就在硬邦邦的水泥地上不用道具地把戏演完。

安菲萨经常在剧院一间很小的演员化妆室里过夜。夜里，隔壁的老鼠整夜整夜地啃啮道具，它们特别喜欢啃道具细缝中的水胶。

安菲萨躺在一张华丽的、腿上镀金的小沙发上，身上盖着一堆演出用的服装，身子便渐渐暖和起来。有时，隔壁房间的钢琴家梅特纳深更半夜爬起来弹钢琴——显然他是冻得受不了了，只好用自己最容易办到的方式取暖。有时他甚至唱起来。他的歌声对安菲萨是个慰藉，尽管他唱的歌似乎与当时的情景根本不相称。

音乐引起了安菲萨的思绪。她想，她现在才 24 岁，但已经经历了无数的人世沧桑：故乡的小镇，对柯利亚的爱情，莫斯科，戏剧学院，星辰在她头顶灰暗的天空中闪烁的森林夜晚，战争，寒冷的波罗的海中埃泽利岛，那些可爱而纯朴的水兵们，总是拿着冒烟的烟斗、举止出人意料的列昂节夫，围攻，失火，被火光映红了的雪地，肿胀的手指……

往事一幕幕地出现在她的脑海里，同时她想到：在这种时候，她能否给谁一些真挚的帮助和快乐呢？否则的话，生活还有什么意义，不成了平淡无味的苟且偷生吗……

有一次，安菲萨把自己的这些想法说给尼娜·波尔菲里耶夫娜

听。谁知尼娜·波尔菲里耶夫娜生气地说，这全都是胡思乱想。在这么艰难的时期，人人都该做好自己的事，少胡思乱想。她甚至奇怪，安菲萨打哪儿冒出来的这些念头！

安菲萨有些不好意思，她发誓以后再也不动这些徒劳的脑筋了。

一天早晨，尼娜·波尔菲里耶夫娜去医院时，柯利亚来了封信。信很短，仅寥寥几个字。他说他安然无恙，此刻他们那儿暂时还算平静，他时刻想念着安菲萨和尼娜·波尔菲里耶夫娜。信的末尾他附上了一笔：请打听一下彼得·马克西莫维奇·巴加列伊的情况，他现在何处，疏散到什么地方去了。

安菲萨看完信，飞快地穿好衣服，赶往医院把信送给尼娜·波尔菲里耶夫娜。医院坐落在安捷卡尔岛上。

这是一个阴冷的早晨，天下着雪，偶尔从瓦西里耶夫岛和港口那边传来炮弹的爆炸声。穿得十分臃肿的人们神情疲倦地从涅瓦河上的冰窟窿里打水。高射炮的细长炮筒从"马尔索夫·波尔"号军舰的各个角落斜睨着天空。

灰暗的军舰被冻结在冰河里，像被遗弃了似的。甲板上一个人影也没有，断电线上挂了霜，被人一碰便发出咔嚓咔嚓的响声。

安菲萨沿着丰坦卡河岸走着。花园里一片荒芜，死气沉沉的，光秃秃的椴树上一只寒鸦也没有，古老的黄色凉亭和彼得宫旁堆积着残雪。

若是在街上正赶上拉警报，安菲萨总是躲到景致如画的地方去，比如回廊里、花园凉亭的飞檐下，或入口两旁立着玻璃罩已打碎的六角铁灯的大门口。

不知为什么，她总觉得这些地方具有的那份绝妙、那份美本身就能救人性命，是可以信赖的。炸弹不敢落在这些地方，仿佛美丽就是一道炸不烂的屏障，保护着这些圆柱、回廊和花园。这当然是

个愚蠢的想法，但是面临危险的时候，安菲萨还是会躲到这些有美"守护"的地方去。

尼娜·波尔菲里耶夫娜看完柯利亚的信，把它揣进了兜里。她没有时间跟安菲萨说话，安菲萨便马上离开了。安菲萨要等到两点钟才去戏院，于是决定趁这段空闲时间到彼得·马克西莫维奇家里去一趟，没准儿那儿还有人留下，能打听到老教授的下落。

彼得·马克西莫维奇的住宅里显然还有人住：从小窗口伸出一个洋铁烟囱，烟囱里正冒着烟。

安菲萨登上台阶，敲了敲门，却没人来开。安菲萨又敲了半天，直敲到门里传来慢吞吞的脚步声。有个人走到门前站住了，侧耳倾听着，没开门。

"请开开门，"安菲萨说，"我是来找彼得·马克西莫维奇的。"

"您自己开吧。"一个低沉的声音说道。

安菲萨推开门走进屋，在光线昏暗的客厅里，她凝神打量着这位围着长围巾、戴着皮帽子和棉手套，背有些驼的老人。

"彼得·马克西莫维奇！"安菲萨惊叫起来，"原来您还在列宁格勒呀！"

"我看不清是谁，"彼得·马克西莫维奇说，"您是哪一位啊？"

"我是柯利亚·叶夫谢耶夫的未婚妻安菲萨。还记得吗？我和柯利亚来过您这儿。"

"请进来吧，"彼得·马克西莫维奇说，"不过，您得搀着点儿我。我妹妹去买面包了，我的眼镜掉在了地上，我就几乎什么也看不见了，捡又捡不起来，我的腰也弯不下去，气喘得厉害……见到您我真高兴，非常高兴！"

安菲萨小心地把彼得·马克西莫维奇搀扶到他的书房里，就是那间生着小铁炉，小窗户冒着烟的屋子。

"我们这儿很暖和，"彼得·马克西莫维奇说，"我们使劲儿地

生炉子，不然的话，那些植物就冻坏了。"

安菲萨环视了一下四周，屋子里所有的东西都显得十分陈旧，色泽暗淡，到处摆着锌皮箱子。

"我没走成，"彼得·马克西莫维奇解释道，"我染上了流行性感冒，得了肺炎，只好留下了。您想吧……我一点儿也看不清您。"

安菲萨这才猛然想起，忙低头寻找眼镜。眼镜掉在一个栽着棵干枯的矮生柳的瓦盆旁了。彼得·马克西莫维奇戴上眼镜，把安菲萨引到窗口。

"现在我认出您来了。请坐下谈吧……波林娜·马克西莫夫娜就要回来了，等会儿我们请您喝茶。虽说我们几乎没有什么东西，只有白开水，但是，热水也很能增加人体的生机嘛。"

安菲萨告诉彼得·马克西莫维奇有关柯利亚的情况，至于自己，她没说几句。

"噢，"他说道，"这么说，你们是住在列昂节夫家里啦？真遗憾。"

"为什么？"

"首先，丰坦卡一带容易遭到炮击，危险得很。其次，我和波林娜·马克西莫夫娜常念叨我们周围没有年轻人了。而我一生都和青年人一起，我喜欢他们。您知道，我非常爱他们，和他们在一起，我自己也变得年轻了。我的妹妹也觉得很寂寞。你们还是搬到我们这儿来住吧，地方够用的，那间屋里的箱子都可以搬走。"

安菲萨解释说这是不可能的，随后又问彼得·马克西莫维奇，这些箱子里装的是什么。

"金子！"彼得·马克西莫维奇笑起来，他那双慈祥的眼睛在镜片后愉快地眯缝着，"也许比金子还珍贵——是种子。"

"什么种子？"

"速生树种。这里，"彼得·马克西莫维奇指着箱子说，"全都

是这类树种。您知道吗，现在我甚至庆幸自己没能离开列宁格勒，要不然，这些树种全完了，现在我把它们保存得好好的。这些树种都是我从学校搬回家的。每当我想到这些箱子里的树种成为未来广阔壮丽的森林，我就觉得幸福极了。"

忽然玻璃窗哗啦啦一阵响，紧接着隆隆的炮击声传到房间里。

"又在炮击瓦西里耶夫岛了！"彼得·马克西莫维奇忿忿地说，"一大早就打呀打呀的。"

彼得·马克西莫维奇在桌上摸索着，在找什么东西。

"您看，"他自言自语着，"我也学会抽烟了，在被围困的时候学会的，毕竟可以放松些，好歹香烟还搞得到。"

他抽起烟来，全身被烟雾笼罩着。他问了句：

"您不烦吧？"

"不烦。"

"那好，您就耐心地听我说吧。等您听烦了，告诉我一声。您知道，我好久没人可以说说话了。"

他沉默了片刻。

"战争就要结束了。我们一定会胜利的，这是无可争辩的。但是您想过没有，战后会怎么样呢？到处是被毁坏了的城市、桥梁、道路，荒芜的土地、丛生的野草、烧焦的森林、炸毁的堤坝和工厂……要恢复这一切，当然好极了。但是，这并不能叫我满意。"

"您说什么？"安菲萨惊诧地问。

"我只是不十分满意。因为需要恢复的不仅仅是城市和工厂，还有大自然的生机和活力。它们也被战争破坏了。必须恢复它们，没有了它们，连我们自身的生存都不可能。"

"您是说森林？"安菲萨问。

"那还用说。不然的话，我们的粮食收成就会逐年下降，河流干涸，旱灾水灾会毁掉良田，有的地方土地还会盐碱化。我怕人家

会说我这是奇谈怪论，但是，空气成分真的会起变化的。我们会遭受一种叫做'氧气饥荒'的灾难。人体要适应新的生活环境需要很长很长的时间，人类要痛苦地忍受这个恶果。"

"您怎么这么想呢？"安菲萨问。

"真的，很可能会这样。我很想证明我的想法，但是，请原谅，我已经累了。很快我就会感到疲乏，要在桌边睡着的。"

就在这时，波林娜·马克西莫夫娜回来了。她认出了安菲萨。跟安菲萨亲吻后，她说道：

"我常常想起您。柯利亚有信吗？有？噢，谢天谢地，太好了！"

"你们大概生活得很艰难吧？"安菲萨问。

"不，不算太难。我还在保育院工作。白天倒没什么，我可以多做些事，我就是不喜欢晚上。我们都有老年人的习惯，夜里睡眠很少，更多的是走来走去干点儿什么事，或是关了灯躺在床上闲聊，听听哪儿爆炸了。您瞧……"她朝彼得·马克西莫维奇撇了撇嘴，只见老教授已在安乐椅上睡着了。

"身体这么虚弱，整天还想这想那的。老念叨他的森林，森林的事该忍一忍才是。总该保重好身体吧，可他没这个习惯。他总是亲自到卡尔波夫卡去打水，把木板从炸毁的房子里搬到生火的屋里去，整天在那儿看显微镜。戴着棉手套怎么摆弄显微镜啊！就算生着炉子，屋子里还很冷……可他们这些人全都是这个样儿！"波林娜·马克西莫夫娜戛然而止。

停顿了片刻她又问道："那些种子，彼得·马克西莫维奇跟您说了吗？"

"说过了。"

"这屋的种子是我们的，是树种，"不知为什么，波林娜·马克西莫夫娜压低了声音，"那个房间放的是小麦种，是最好的耐旱品

种，它们现在也由我们保管了。刚开始封锁时，是由我们的老朋友帕霍莫夫·尼古拉·叶夫根耶夫保管的。就在一个月前，他死了。于是，彼得·马克西莫维奇就马上把这些麦种搬到自己家来了。您知道这些种子有多么宝贵吗？我们曾辛辛苦苦地栽培、研究、保护……可现在，封锁，饥饿。当然啦，吃掉这些种子，可以不被饿死，这的确很诱人。换了别人，怎么也抵御不了这种诱惑的。但是，尼古拉·叶夫根耶夫是个圣人，是英雄——他没有动用一粒麦种。开一两箱有什么关系呢，那就能救活一条人命了。可是他说，他动不了手。他说，这是对人民、对人类、对良心的犯罪。现在关键的是要把种子藏好，不让人知道。所以，我们谁也不让进来。真奇怪，彼得·马克西莫维奇怎么会放您进来呢？"

"忍不住啦？"闭着眼的彼得·马克西莫维奇突然说道，"全唠叨出来了？我跟你要遭殃的！"

波林娜·马克西莫夫娜赶忙起身到隔壁房间去了。

"我不会对任何人说的，彼得·马克西莫维奇，"安菲萨忙说道，"请相信我吧。"

"这我知道，"彼得·马克西莫维奇睁开了眼，"也应该理解她，理解波林娜。我是个很蹩脚的谈话对象。本来我都已经跟她讲好了的，可憋在心里的话也该让她吐一吐了。瞧，她就这么脱口说出来了……波林娜，"他稍稍提高了嗓门，"别心不安了，亲爱的！还是给我们烧点开水吧！"

彼得·马克西莫维奇扭头看着安菲萨，好像他俩前面的交谈并没有中断，他根本就没睡过觉似的，接着说："战争结束后应该大力发展森林。但是，您知道，这可是个长期的事业，需要许多许多年，可是我们没有功夫等了。幸好我们还有这些速生树种子，"他指了指锌皮箱，"冷杉、马栗、银云杉、柳树、加拿大白杨、白松。正如守林员说的，加拿大白杨是最'快捷'的树，它长得飞快——

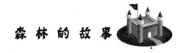

一年就长一米半，甚至两米。我这儿还有一种洋槐，就是所谓的桅杆槐，它的树干长得既匀称又高大，不易腐朽。至于桉树，不用说这可是森林中的金刚石，20 年左右它能长 60 米高，而松树要长这么高，需要 200 年。在这一点上，伽利略这老头儿可是大大失算了。他说自然界里不可能有高出 100 米的树，因为不仅树枝承受不了树本身的重力而折断，就连树干也支撑不住整棵树那骇人的重量。"

"彼佳①，"波林娜·马克西莫夫娜在隔壁房里说道，"看在上帝的份上，你可别用你那套理论去折磨她了！人家还是个小姑娘，哪知道什么伽利略啊。来吧，茶烧好啦。"

"没关系，她是未来林学家的妻子，应该了解这些。"

安菲萨喝完了茶，脸上泛起了红晕，心情变得愉快起来。

告别了两位老人，她在街上边走边想着在彼得·马克西莫维奇的家里，她似乎忘却了艰难的岁月，忘却了萧条的列宁格勒，忘却了饥饿和封锁。什么原因呢？或许是因为在那里，人类的理想和信念、人间的温暖尚未泯灭吧。可能还因为这对未来充满信心的顽强的生命力比预想的要强大得多，战争能摧毁大自然的一切，但是却无法扼杀生命力。

安菲萨想起了彼得·马克西莫维奇的显微镜——用鹿皮擦得锃亮，干干净净的，一点儿灰尘也没有。此时此刻，她觉得这台显微镜比重型炮弹更有威力。

她朝比尔街走去。没有枪炮声，四周静悄悄的，似乎能听到雪花飘落在房顶铁皮片上的声音。

安菲萨在花岗石栏杆旁停下来，看着这座城市，浮想联翩：两个世纪以来，有多少人也这样看着这城市，深思着它的伟大命运。

① 彼佳，即彼得的爱称。——译者注。

说不定普希金、赫尔岑、契诃夫也在这里站过，甚至连日理万机的列宁也曾在此留步，曾这样想过——这就是神圣不可战胜的革命堡垒，这就是预告社会主义时代的伟大城市。

此刻，在这座城市沉寂无声的远处，一切都被飞雪和薄暮笼罩着，模模糊糊的，像座荒无人烟的死城。只有安菲萨一个人毫无头绪地思索着，怀着一定会摆脱苦难的坚定信念，独自在城里徘徊。她深信，在这里，在这大雪纷飞的时候，在被封锁的冰冷的城市里，企图扼杀未来，企图毁灭生活都是不可能的。绝不可能！

仿佛要证实她的想法似的，停泊在涅瓦河上的那些军舰突然火光四射，炮弹带着铜钟般的巨响在茫茫大雪中向前飞去，波罗的海舰队开始炮轰德军阵地了。

整个防御圈立刻与舰队的猛烈轰击遥相呼应，大炮轰隆齐发，一道道白刷刷的炮火在阴沉沉的城市地平线上闪亮。不一会儿，整座城市和城郊全都响起了接连不断的炮声。

安菲萨听到了从拉多加方向那看不见尽头的远方传来一阵阵强劲有力的频繁炮声——大概是向敌人阵地开火了。这炮声安菲萨以前还从来没有听到过。

"我们的人真的突破封锁线了吗?"安菲萨猜测着，磕磕绊绊地沿皇宫桥跑去。她一边跑，一边抓着从头上滑落下来的头巾，浑身热血沸腾，两眼兴奋得闪着光。

一片片小雪花迎面扑来，犹如低空中被隆隆炮声震落的无数稠李花。

等 待

在医院看护柯利亚的是一个沉默寡言的年轻护士。她的手总是冰凉的，经她的手指一碰，高烧似乎也减退了。

这位护士名叫玛丽娅·特罗菲莫夫娜。

当烧得过热的血在柯利亚脑子里涌动，竭力要冲破血管，柯利亚被烧得实在难以忍受时，他就请求玛丽娅·特罗菲莫夫娜把手放在他的额头上。她的手刚一放上，一股清凉的感觉立刻渗透到柯利亚的大脑深处。

疼痛很快过去了，柯利亚睡着了。那个旧梦又从远方飘来，直到充满周围的一切。

那个旧梦是这么熟悉，熟悉得就像老家木漆地板上的每一道小缝缝。

柯利亚说不清这个梦，梦中的一切都是朦朦胧胧的。好像是个春天，在散发着阵阵腐烂味的温暖的花园里，小草从过了一冬的淡紫色的落叶下冒出嫩芽儿。

在一幢小房子里，库佳坐在钢琴前，轻轻地重复弹着一个琴键。琴声越来越响，变成了刺耳的呼啸声，火焰冲击着眼睛，柯利亚呻吟着，醒了过来。

是的……是火焰冲击着眼睛。这是在斯塔罗杜布附近的什么地方，当时天色已暗，柯利亚正行走在两旁长着茂密的赤杨林的路上。他一下子跌倒了，清醒过来时是在一辆卡车的车厢里。

车厢里坐着一位手持自动步枪的士兵。汽车一路颠簸，头顶上方的星星似乎也在微微颤动。柯利亚的胸前剧烈地疼痛，他紧咬着牙齿，但由于汽车震荡，他无法总是咬紧牙，便呻吟起来。

在医院里，当柯利亚清醒的时候，总看见玛丽娅·特罗菲莫夫娜坐在窗前看一本书，是莱蒙托夫诗集。她常把一张纸条夹在书里。

看见柯利亚醒来，玛丽娅·特罗菲莫夫娜走到他的身边。

"怎么样?"她关切地问，"好些了吗?"

柯利亚点点头。

窗外，寒鸦"呱呱"地叫着，冰柱在融化。施了肥的斜坡上，马儿拉着装着干草的雪橇。春天来了。

一次，玛丽娅·特罗菲莫夫娜被人匆匆叫走，仓促间她把莱蒙托夫诗集遗忘在柯利亚床前的小桌上。柯利亚小心翼翼地伸手去拿书。

一封信从书中掉在被子上。柯利亚把信放回书中时，无意间看到了信中的签名："您的 C·列昂节夫。"

"真是谢尔盖·伊万诺维奇·列昂节夫吗?"柯利亚心想，"不会的，姓列昂节夫的人多着呢。"可是玛丽娅·特罗菲莫夫娜回来后，他还是忍不住跟她说：

"请原谅，我把信弄掉了。"

"没关系，"玛丽娅·特罗菲莫夫娜说着，便把信从书中放进了白大褂的兜里。

"谢尔盖·伊万诺维奇·列昂节夫，"柯利亚试探着说道，"是个很好的人，是作家。这是他吗?"

　　"您认识他？"玛丽娅·特罗菲莫夫娜惊喜地问，随即挨着柯利亚的腿在床边坐下来，"怎么认识的？"

　　"我跟他很熟，我们是在列宁格勒认识的。我是林学院的学生。"

　　"太好了！"玛丽娅·特罗菲莫夫娜说，"我也是林业工作者。"

　　"那您怎么当了护士了？"

　　"这也就是一个月前的事。我们林区现在停工了，几乎没有什么事可干。主任医师跟我是熟人，他同意接受我来他这儿当护士。很快我又要回林务区了。林务区离这儿不远，只有 30 千米。您听说过列昂节夫曾在我们那儿当过巡林员吗？当了两个月哩。"

　　"听说过。他是森林的人……有两个姑娘来林务区的时候，您在吗？"

　　"不在，我休假去了。后来别人跟我说过。您也认识她们吗？"

　　"有一个认识，我们是老乡。"

　　"这本莱蒙托夫诗集，"玛丽娅·特罗菲莫夫娜转了话题，"是谢尔盖·伊万诺维奇·列昂节夫临走前送给我的。"

　　"对不起，"柯利亚面带歉意地说，"请问，您从哪儿接到他的信的？他现在在什么地方？"

　　玛丽娅·特罗菲莫夫娜抬眼看了看窗外，寒鸦忽地从老树上飞起，发出吓人的"呱呱"声，朝河对岸飞去了。

　　"在部队里。加里宁省。我本人也是那地方的。他来信告诉我，说我的母亲在那儿去世了。"

　　"唉……"柯利亚同情地说，"真不幸。"

　　"您知道，"玛丽娅·特罗菲莫夫娜说，"您不该多说话的。时间还早呢，您安安静静地躺着，休息一会儿吧，我坐着陪您……您认识他，多好啊！"

　　"那您别走。"柯利亚请求道。

"不，我不走，"玛丽娅·特罗菲莫夫娜说着，把脸扭向窗户，沉思着，一只手按在柯利亚的胳膊上，像是不让他动似的。

柯利亚看着玛丽娅·特罗菲莫夫娜，她的脸庞仿佛发着光。只见她蓦地一笑，想必是想起了什么美好的事情。

不知何故，柯利亚闭上了眼睛。

他一闭上眼，脑海里便思绪万千。

"怎么回事？"柯利亚暗自想着，"我好像睡着了。难道我已经痊愈了？连伤口都不疼了，只稍稍有点儿痛……寒鸦叫得多欢啊！春天来了。听说河上的冰都融化了，咔咔嚓嚓地发出崩裂声。床边小桌上已摆上了长满毛茸茸的嫩芽的柳枝。那位老奶奶早上还说今天是报喜节①呢。在这一天，孩子们要把在窄小的笼子里关了一冬的小鸟放生。报喜节，好消息……"他等待着它——安菲萨的消息。

柯利亚睁开眼。玛丽娅·特罗菲莫夫娜正俯身担心地看着他的脸。

"您怎么了？"她关切地问道，"不舒服吗？"

"什么？"

"您在梦中喊起来了。"

"我不知道。也许是做了个梦吧。"

"好，睡吧，"玛丽娅·特罗菲莫夫娜说道，"好好养精蓄锐。"

她离开了病房，柯利亚立刻又沉睡了。

这个镇离铁路有 60 千米。尽管距离车站远些，但夏天有轮船往来，也没什么不方便的。可到了冬天就麻烦了，特别是在这种战时的冬天，要把伤员从车站运到镇子上，只能靠汽车。

第二天，等柯利亚感到好些之后，玛丽娅·特罗菲莫夫娜到车

---

① 报喜节：俄旧历 3 月 25 日。据耶稣教所传，天使于此日告知圣母即将生出耶稣。——译者注。

森 林 的 故 事

站去接伤员。这天寒风刺骨，伤员们都裹在皮袄和被子里。

起初一切都还顺利，但回来时，汽车开到森林里，在树根上震了一下，车窗上的一块玻璃给震破了，掉下来一小块玻璃。冷风立刻灌满了车厢，可手头又没什么东西可遮挡车窗。这时，玛丽娅·特罗菲莫夫娜坐到窗边，她把背靠在破窗上，挡住冷风。她就这样一直坐到汽车开进镇里。她为车厢里又暖和起来、为伤员们不再受冻、不再焦虑而感到欣慰。

到了医院，她移交好伤员，又去看了看柯利亚，跟他说了几句话后，才回自己屋里换衣服，接着又出去了。

暮色苍茫，四处不见一星灯火，镇里还在实行灯火管制。淡黄色的晚霞在窄窄的云隙间渐渐消逝了。木头铺设的人行道旁，小溪潺潺地流过。

玛丽娅·特罗菲莫夫娜登上陡峭的河岸，她曾在这里眺望载着列昂节夫远去的轮船。这一切都已成了过去，有朝一日还会重演吗？她还能见到他吗？

她在镇上漫步了许久，一直走到深夜。她身上一阵阵发冷。哎，春天多潮湿啊！难怪人们常说"河不开冻，皮袄不脱"。可是她却已早早脱掉穿腻了的旧皮袄，换上灰色夹大衣了。她很欣赏自己穿夹大衣的样子。

为谁而穿？不知道。谁能看见她？她在希望着什么？是奇迹吗？是希望在这空荡荡、静悄悄的大街上突然看到迎面而来的他吗？假如真能这样，该有多美呀！

她知道，自己今天有点特别，满腔的柔情蜜意，而这一切都在她的每一瞥目光、每一个动作、每一句话语中流露出来。这一切都是为着一个人。

玛丽娅·特罗菲莫夫娜回到自己屋里，躺在床上，可是怎么也暖和不过来，头反而还剧烈地疼起来。她睡了不一会儿，醒来时，

家园的故事丛书

190

钟才敲 11 点。玛丽娅·特罗菲莫夫娜缩成一团，全身突然急剧地打起冷颤。临近天亮时，她已经不省人事了。

最严重的倒不是疼痛和虚弱，而是那种不知是在梦中还是醒着的状态。这时一点儿也分不清什么是现实，什么是梦中。这种状况她以前也曾经历过，那是去年在巴尔捷涅沃。但那时令人兴奋，现在却叫人难受。忽而是白天，忽而是黑夜；忽而明亮，忽而阴暗。这种快节奏的变幻使玛丽娅·特罗菲莫夫娜感到非常非常的累。一睁开眼，又是昏黄的灯光，床边一张椅子上坐着个穿白罩衫的脸色苍白的青年。他为什么到这儿来，不知道。大概是柯利亚吧，他一句话也不说，低着头，好像在打瞌睡。

玛丽娅·特罗菲莫夫娜把眼睛闭上一分钟，然后再睁开，只见窗外风儿吹动着一根长满幼芽的树枝。云儿急匆匆地不知飘向何方，还有老奶奶们把碗碟洗得"哗啦"直响。过了一会儿，又入夜了。母亲阿格拉费娜站在床前，拿起她的手，把一件小旧皮袄披在她的肩上，裸露着的火烫的肩膀顿觉一阵发凉。

阿格拉费娜拉着她的手走到森林里。松林的喧哗声似乎已不再是喧哗，而成了音乐，而且它的旋律中还加入了一首熟悉的歌儿："田野里有一棵小白桦……"阿格拉费娜用头巾角捂住嘴巴。"妈妈！"玛丽娅·特罗菲莫夫娜大声喊，"唉，妈妈呀！这个人送给你这对耳环，你怎么能为他痛苦一辈子呢？""你真是个傻孩子，"阿格拉费娜小声说，"难道我能把自己的心锁住不成？"

音乐声越来越大，每一个音符都在眼前引出一幅崭新而奇妙的画面：时而是长着石楠的旷野，时而是栖息枝头的黄鹂，时而又是微微泛红的松树干。"伟大的森林！"阿格拉费娜说道。

在这伟大森林之外的某个地方是嘈杂的城市，有着此起彼伏的汽车喇叭声和成千上万明晃晃的窗子。玛丽娅·特罗菲莫夫娜夹在人群中，看见了列昂节夫，可是他却像个陌生人。他没理会玛丽娅

·特罗菲莫夫娜在叫他，甚至连头都没回。

"米哈伊尔·尤里耶维奇①，"玛丽娅·特罗菲莫夫娜央求着，声音很小很小。"帮帮我吧，亲爱的！把手伸给我吧。"

不知是谁向她伸出了一双黝黑而又结实的手，但是已经迟了：四周一片漆黑，炽热得要命，意识就像水渗进不明显的缝隙中一样，带着微弱的声响慢慢地渗着，渐渐地远去了。

玛丽娅·特罗菲莫夫娜在夜里死去了。清晨，当柯利亚走进她的病房时，那里的小桌上已经摆着一只插着些粉红色花朵的杯子，屋子里干干净净、静悄悄的。玛丽娅·特罗菲莫夫娜的脸平静而苍白，只有她那浓密的黑色睫毛依旧栩栩如生。

玛丽娅·特罗菲莫夫娜被安葬在林区内的小松林里，已经康复的柯利亚也参加了葬礼。老守林员叶夫捷伊的话令柯利亚大吃一惊。叶夫捷伊用那顶掉了毛的灰帽子遮住了脸，一个劲儿地咳嗽着。填了坟之后，老守林员说道：

"在这种事情上……就是在死亡上，真是太没有章法了。这么好个女人，年纪轻轻的就死了。而我这把老骨头，却还在苟延残喘。我真愿意跟她换一换，可你瞧，没人来过问这事。"

柯利亚在葬礼上还见到了林务区区长巴乌林，他一言不发，显得十分疲乏。巴乌林为玛丽娅·特罗菲莫夫娜的去世感到异常悲痛，和谁都不说话，包括柯利亚在内。

玛丽娅·特罗菲莫夫娜去世后不久，柯利亚便去列宁格勒了。封锁后的第一个春天来临了。

列车行驶到柳班附近时，柯利亚醒来了。他朝窗外一看，不禁大骂了一句。被烧毁的森林一直延伸到大地的边缘，像一大排粗杆栅栏，朝阳斜照在光秃秃的焦树杆上。被炮弹炸得七零八落的土

---

① 即莱蒙托夫，此为他的名字和父称。——译者注。

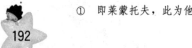

地，积满臭水的弹坑，遍及四处的生了锈的铁丝网，此番情景使这片森林像一个让人难以置信的幻境，像人在患伤寒病时做的噩梦。风卷着尘土，将森林笼罩在一片灰蒙蒙的灰烬中。

柯利亚身旁坐着一个大胡子士兵。他紧锁着眉头，看了半天森林，然后忿忿地说道：

"这群法西斯强盗像疯狗一样毁坏了我们的土地，得几百年才能恢复啊。"

"没关系！"柯利亚回答说，"我们可以提前造林。"

"这倒是的，"士兵表示同意，"我们的思想现在真是发达。"

在柳班已是阳光灿烂，而此时列宁格勒上空却雾气弥漫。这是一种微微泛蓝的薄雾。隔着薄雾，太阳成了一个模模糊糊的圆点。红彤彤的阳光时而从这儿，时而从那儿，透过薄雾照射到水中，投在房屋和墙壁上。这晨雾显然非常稀薄，只要海湾的风一吹，清澈的天空便从薄雾后露了出来，花园里的晨露在阳光下闪闪发光。

柯利亚从车厢走出来，站在木制月台上，心怦怦直跳。他这次来这里，既没写信告诉安菲萨，也没告诉尼娜·波尔菲里耶夫娜。她们只知道他在医院里，一切都好，等到一康复，他就马上请假回来。

城市眼看着活跃起来了。生活恢复了正常，一天到晚都能听到街道上斧子的劈砍声、姑娘们在树林里玩耍的嬉笑声，涅瓦河上又重新响起了轮船的汽笛声。城郊工厂的烟囱冒出了滚滚浓烟，机器也在隆隆作响。

就连被烧毁的房屋的残檐断壁上繁生的红烛似的柳叶菜，也像在装饰这座城市似的。

柯利亚朝丰坦卡街走去。他穿着件旧军大衣，大衣上的肩章皱巴巴的，已经褪了色，背着的背包几乎是空的。

工地上的拉锯声在雾中回荡，晨风从海湾轻轻吹来，空气中充

满了海洋的气息。

柯利亚走进丰坦卡街的一户院子。院子里空荡荡的，野草丛生，高射炮的小弹壳堆成了堆。

院中靠近砖墙的角落里，一个女人正在劈柴。柯利亚从她身边朝那扇钉着胶板的大门走去时，回头看了她一眼。

那女人直起腰来，将额前一绺淡黄色的头发撩到耳后去。看到柯利亚，她突然尖叫一声，一屁股坐在劈好的木柴上，两手一下捂住了脸。

"是你，安菲萨？"柯利亚惊叫着向她跑去。

她激动得站不起来了，只是抓住柯利亚的双手，嘴里喃喃着，不知在说些什么。随后，她抬起头来看着柯利亚，眼里充满了幸福。而柯利亚也看到了他熟悉的那两道扬起的眉毛和太阳穴上的那颗小痣。

"我这就站起来。我亲爱的，我的亲人！你怎么连封信也不写呢？"

说完，她像个小姑娘似的，紧紧搂住柯利亚的膝盖，将绯红而又瘦削的脸庞贴在他那旧得起毛的军大衣上。

森 林 的 故 事

家园的故事丛书

一次简短的科学演讲

　　彼得·马克西莫维奇从克里姆林宫出来，朝莫斯科河走去。他很想顺着河岸散散步。于是，他朝司机点了点头，汽车便小心地跟在他身后慢慢行驶。

　　司机不时看一眼老教授，微笑着。在司机眼里，教授像个怪人。在去克里姆林宫的路上，老教授嫌车里又闷又热，竟生起气来。甚至连插在车门旁的小玻璃瓶中的那枝双瓣丁香也丝毫没引起他的兴趣。他一坐进车里，就马上打开车窗，让风灌进来。他显然很焦急，在去克里姆林宫的路上接连抽了两支烟，却没注意到车里有备用的电动打火机。

　　司机感到有些委屈，谁不夸这辆车啊，而这老头儿却偏偏还抱怨，就像让他坐的是辆颠颠簸簸的两轮马车似的。所以，司机想了想后，就说道：

　　"这辆车又轻快又好使，可不像那种笨'别克'。"

　　"您说什么'别克'？"彼得·马克西莫维奇气呼呼地问道。

　　司机微微一笑：

　　"是一种车牌。"

　　"所有的牌子都一个样儿，"教授嘟哝着，"都会毒化空气，还

196

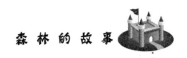

会破坏人的神经。"

司机赶忙转过身去，汽车在禁止通行的信号灯前戛然停住了。

"我不反对这点，"司机说，"我本人也喜欢新鲜空气，我的家乡卡卢加省就是个开阔舒畅的地方。只不过您这种说法，依我看也不全对。"

"为什么?"

"因为，只要您愿意，我就可以用两个钟头的时间开车带您游遍这些地方。我们可以驶下公路，把车停在白桦树下。您打开车门，请吧! 车轮旁就能摘到草莓，多方便啊! 坐火车得 7 个小时呢。中途还要换车。"

教授像是轻轻一笑，一句话也没说。司机没等到回答，便将车从放行信号灯下飞速地开过去了。他轻蔑地眯起眼睛，把车急驶到克里姆林宫。到了那里，他几乎都没减速，就灵活地刹住了车，新轮胎发出沙沙的磨擦声。

教授在克里姆林宫的时候，司机的心情平静多了，甚至打起盹来。而此时，他坐在车里，也像教授一样，凝视着傍晚时分那灰蒙蒙的雾。雾霭笼罩着城市，降落在一串串亮晃晃的灯、河流和电车上，降落在拍打着花岗石岸的平静的波浪上、遥远的列宁山的绿阴上以及正驶过大桥的无轨电车那五颜六色的电灯上。车窗开着，椴树花的香气悠悠飘进车里来。

"太美了!"司机感叹道。

他希望教授能在岸边多呆一会儿，但是教授看了看表，匆忙坐进车中，吩咐司机到戏剧学院去。

到戏剧学院就到戏剧学院去吧! 反正这与司机不相干。不过，他心中还是觉得纳闷: 这老学者跟戏剧学院能有什么关系呢?

汽车开进戏剧学院的院子，一个姑娘迎车跑来，衣裙被风吹得飞舞着，头发闪着铜黄色的光泽。她打开车门，扶教授出来，并互相拥抱、亲吻。

司机看了看他们的背影,把鸭舌帽往眼睛上一拉,搔了搔后脑勺,低声唱着:"即使有金山和灌满葡萄美酒的河,也愿为这目光、为这双可爱的眼睛,统统献出……"随后,他不大情愿地开车出了戏剧学院。

"对了,克里姆林宫的会怎么样啊?"安菲萨焦急地问。

"好极了!总之工作够您的柯利亚干一辈子的了。"

安菲萨笑了。

"您高兴吗?"

"那哪是高兴啊!"彼得·马克西莫维奇说。"我不是高兴——我是觉得幸福。"

在戏剧学院的前厅里,一位头发花白、举止文雅的高个子导演正在等候彼得·马克西莫维奇。他把彼得·马克西莫维奇领到自己的书房里,请他坐在一张放着几只装有点心和橘子的高脚盘的小圆桌旁,并请他喝茶。

"有机会见到您,我感到非常荣幸,"那导演说,"我从我们一个女学生那里知道,您在莫斯科有要事,但我还是鼓起勇气来打搅您了。"

"什么打搅!"彼得·马克西莫维奇反驳道。"这只会让我高兴。没有年轻人,您知道,我根本没法生活。"

"是吗?"导演流露出惊喜的眼神,"这太好了!我真有点怕我们的请求会让您见怪哩。真是从来也没听说过的事:我同一位著名的林学家、一位森林事业的堂堂大专家……"彼得·马克西莫维奇在安乐椅上拘束不安地扭动起身子来。"请原谅,可我是实话实说……一个卓越的学者,竟到我们戏剧学院来跟青年们谈森林的事。我不知道,是否需要把我们准备排练契诃夫的《万尼亚舅舅》的情况向您简单说几句?"

彼得·马克西莫维奇点点头。

"阿斯特罗夫医生这个人物，热爱森林，他认为森林对人的心理产生高尚的影响。所以，扮演这个角色的演员需要熟悉一下有关森林学方面的情况。我们训练演员的方式也是这样的。"

这时，塔塔·巴济列维奇端着托盘送进两杯茶来。彼得·马克西莫维奇一看见她，顿时惊诧不已：这姑娘的眼睛太美了！眼神中充满了如此具有感染力的快乐，以至彼得·马克西莫维奇也情不自禁地微笑起来。方才他因导演夸大其辞的恭维而生的不快也立刻消失了。塔塔放下托盘，微微点了下头，脸一红，溜出了书房。

"我这儿有的是漂亮的年轻人，"导演说此话的口气就好像这些青年男女在某种程度上是他的私有财产似的。

"看到了，看到了，"彼得·马克西莫维奇喃喃道，"我很高兴。"

彼得·马克西莫维奇愉快地喝完了一杯茶。

傍晚，柔和的微风从敞开的窗户吹进来，吹在他容光焕发的脸上。是啊，生活终究是美好的！这一点是无可争辩的。

彼得·马克西莫维奇被领进一座光线昏暗的狭长的大厅。他登上舞台，学生们起立向他致敬。彼得·马克西莫维奇朝他们挥挥手，走到舞台边，开始讲话。

"首先，"他说道，"我想认识一下那位扮演阿斯特罗夫医生的年轻人。"

第二排站起一个腼腆的青年人。

"您去过森林吗？"彼得·马克西莫维奇问道。

"去过，"那青年回答，他叫热尼亚·戈尔巴乔夫，"不过，去的次数当然很少。"

"那么，"彼得·马克西莫维奇说，"我可以帮助您，让您到真正的森林里去住上两个月。"

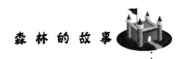

那青年脸上放着红光，高兴地笑了。

"那我们也去吗?"塔塔羡慕地问道，声音虽然很低，但整个大厅都听到了。

"我认为你们大家到这些大森林里去过一段时间，都会有好处的。但是，关于这一点，我们等会儿再说吧。现在我只想说那位扮演阿斯特罗夫医生的年轻人应该配做阿斯特罗夫的后代。他也应该热爱森林，充分认识森林在我们生活中的意义。因此，我打算给你们和他讲讲这具有巨大的经济意义、生物学意义和美学意义的森林，我先从最后一点讲起吧。

"契诃夫借阿斯特罗夫医生之口，表达了他那些惊人的一针见血的思想之一，即认为森林能教人领略美好的事物。我们可以看到，森林淋漓尽致地表现出了大自然庄严的美丽和雄伟。那美丽和雄伟还带有几分神秘色彩。这给森林增添了一种特殊的魅力。你们还记得普希金的诗句'森林的神秘阴影'吗? 我不能不说，我们的森林深处产生着我们真正的诗歌佳句，如'我那严酷岁月的女友'，还有'森林卸下了它那深红色的服装'。请原谅，我引用的只是普希金的诗句。因为近代诗人的诗都没能这样清晰地印在我的脑海里。

"森林是灵感和健康的最伟大的源泉，是个巨大的实验室。它能制造氧气，消除毒气和灰尘。你们想想吧，裹挟着灰尘的风暴席卷森林是什么情形。只要离开林边 1000 米，你们就会顿时感到尘暴已变成了清新的气流。当然，谁都知道雷雨后的空气既芬芳，又清新。森林里就仿佛总是不停地下着看不见也听不见的永恒的雷雨，向大地释放着氧气。

"不知你们听说过没有，大城市里每立方米的空气中有将近 4万个各种各样的细菌，而森林里每立方米却只有两三百个，甚至更少。在森林里呼吸到的空气要比城市里的空气清洁、卫生两百倍。

它有益于健康，能延长人的寿命，增强我们的生命力。另外，还能把我们有时感到很困难的机械呼吸，变成一种享乐。谁经历过这个，谁知道在暖洋洋的松林里呼吸是怎么回事，谁自然就不会忘记自己当时那种美妙无比的感觉，浑身便会不由自主地充满了快感和活力。我们一离开城市闷热的房子，走进森林，这种感觉便顿时笼罩着我们的心。

"但是，主要还不在这里。森林还是我们夺取农业大丰收的忠实助手。我们时间有限，不能详细向你们介绍森林在多么巨大的程度上促进了农业产量的提高。森林能保持土壤水分，调节气候，阻止旱风和热风，用它的绿色堤坝阻挡沙漠的间谍——流沙的去路。它是露、雾、霜等各种水分的凝结器。河流也是发源于森林中的沼泽。还有森林中的和森林附近的地下水位，也比没有森林的地区的高得多。

"那些森林遭到破坏的地方，经常遭到洪水和暴雨的猛烈冲击。土地贫瘠，像你们这样聪明的人当然知道，肥土层经常遭到大水的冲刷，河水又把它们带入大海。而侥幸逃脱雨水冲刷的，过后又会被风刮尽。有时，暴风甚至能把整块整块的肥土卷到空中，带到几千千米之外。这就是所谓的尘风暴，也叫黑风暴。

"滥砍森林所带来的灾难数也数不清。要是认识到了这一点，你们大概就连折一根开花的椴树枝作花冠也不会的。

"在砍光森林的地方，土地贫瘠，沟壑龟裂。最凄凉的情景莫过于此了：干涸肮脏的河床，砍伐殆尽的林地，被焚烧的森林。而所有这些荒凉贫瘠的地方都会导致人的无知、懒惰和贪婪，而我们正在与这些人们在旧社会养成的恶劣品质作残酷的斗争，而且正在成功地克服这些恶习。

"关于森林，恩格斯曾经说过几句精辟的话：'美索不达米亚、希腊、小亚细亚以及其他地方的居民根除了森林，以求获得耕地

时，根本没有想到他们这样做的结果会把这些地方弄成如今这般荒芜的样子，会使这些地方积蓄和贮存水分的中心也都随着森林的消失而消失了。'"

"……今天我去了克里姆林宫，"彼得·马克西莫维奇停顿了一下，又说道："我们在那里讨论了战后恢复森林的工作。我们的森林在战争期间几乎被毁掉了 2000 多公顷。仅在白俄罗斯，希特勒匪徒就烧毁和滥砍了 50 万公顷的森林，把它们变成了荒地。法西斯强盗们首先毁灭的是我国人民劳动创造的最优质的森林，如斯莫连钦纳的落叶松林和乌克兰的橡树林。在奥尔洛夫省他们砍光了我们屠格涅夫所赞美的整个丛林。

"我们需要造林，不仅仅是为了恢复土地的自然力，也是为了繁荣我们的经济。我们需要许多许多木材。在我们的国民经济中，木材的用途之多不下 5000 余种。

"所以，我们现在就在研究种植速生树，研究加速我们普通树种——松树、欧洲白杨、杨树的生长，改良它们的性质。我相信，'战胜时间'，换句话说，就是加速树木生长这一著名问题，近期内我们的学者会解决的。

"我们是个伟大的森林强国。我们的森林科学是最先进的。西欧学者也承认，对那些充斥了德国学者的寂寞书房里的枯燥乏味、满篇经验主义说教的林学书籍来说，我们的森林科学则是一付清凉的解毒剂。

"我们可以为多库恰耶夫、季米利亚泽夫、威廉斯的名字而自豪，以天才的林务工作者，如已故的维索茨基、女林学家科洛索娃的名字而自豪。科洛索娃曾走遍了几千千米的森林、火烧林、风倒林，考察了北方的大森林。

"这些人都是我国森林事业的促进者，是为未来、为接我们班的下一代而辛勤劳作的伟人。他们意识到自己的全部工作是给未来

的献礼。虽然明知自己不一定能看到工作的成果，但这并不能削弱他们的意志。这些人没有虚荣心，因此可称得上是真正的创造者。

"阿斯特罗夫医生就属于这类人，契诃夫也是这样的人。当他说'我们凝视着镶嵌金刚石的天空'这句话时，也许他脑海里浮现的正是洁净的森林上空那颗异常明亮的星星。谁知道呢！

"我们通过建设和紧张的劳动走向美好的生活，我一想到这点，脑子里就浮现出一幅画面来：一个人被炎热烤得精疲力竭，他饱受了风吹日晒的煎熬，穿越了沙地和火烧林，终于来到了宏伟而又静谧的森林深处。他顿时感到浑身被簇叶的阵阵凉意所笼罩。森林中花草、针叶、树皮和香脂气味使他的疲倦感一扫而尽。

"在森林中的一切事物中都能看到伟大的生命力的存在：在树梢的轻轻摇曳中，在鸟儿的欢唱中，在柔和的光线中。黄昏时分，可以找到一处靠近林中小溪的地方，在簇火旁坐下来，四周一片宁静。比在城市上空尘埃幕帐中要明亮上百倍的星星，在森林上空大放异彩。

"凝望着满天星斗，人就会领悟到整个宇宙的博大，便开始理解应有的休息和精神安宁意味着什么。笼罩着整个世界的夜幕，清新怡人的气息，朦朦胧胧的月光，晶莹的露珠，还有夜莺的啼鸣。今后，还将有无数这样美好的夜晚、黎明、白天以及在俄罗斯上空弥漫着雾气或是簇火炊烟的黄昏，契诃夫或许也想到过这些，我不知道。

"让我用一句老话作为我这个简短演讲的结束语吧：那就是人人都应该植树，哪怕一生只植一棵树，否则他就是一具死尸，一根干柴……"

掌声经久不息，激动得满脸通红的小伙子和姑娘们更是久久地缠着彼得·马克西莫维奇不放，请求他再讲讲森林。若不是安菲萨，他简直无法脱身了。安菲萨挽起他的手臂，将他带到书房里。

那位导演久久地握着彼得·马克西莫维奇的手，对他一再表示感谢。而安菲萨则激动得不住地说：

"彼得·马克西莫维奇，您知道，我真为柯利亚感到高兴啊！他选择了一个多好的事业啊！"

彼得·马克西莫维奇走到院子里的时候，司机已经开着那辆笨重的外表擦得锃亮的汽车回来了，正等着他呢。

彼得·马克西莫维奇请安菲萨、塔塔和热尼亚·戈尔巴乔夫上了车，随后他自己也坐上去，吩咐司机把大家送到希姆基码头去。

司机把鸭舌帽往后脑勺一推，显出很快活、漫不经心的样子。在狭窄的街道上把车开得飞快，一直冲到列宁格勒公路上。这次他可要露一手了：汽车像鱼雷般地飞梭，只是偶尔让人感到弹簧的微震。

码头很宽敞，空空荡荡的，刚刚下过一场小雨，湿漉漉的柏油路上闪闪发光。花园里飘来了崖柏的清香，水面上荡漾着石油的气味。餐馆的露天穿廊里，一盏盏路灯闪着朦朦胧胧的亮光。

下过阵雨的乌云在向南移去。在西边天际，夏季的晚霞绚丽多彩，一串串的河灯在霞光的辉映之中。远处传来乐队的奏乐声：大概是游艇驶向莫斯科了。

"奏的是什么曲子?"塔塔问道。

大家侧耳细听，乐队离得实在太远，加上空中无形的电流的干扰，只能猜出像是华尔兹。华尔兹的旋律在莫斯科近郊的丛林上空缭绕，渐渐地靠近了，仿佛是从广袤的霞光中飘出来似的。

彼得·马克西莫维奇订好晚饭，要了葡萄酒和茶点。

当热尼亚给大家斟酒时，有个人蹑手蹑脚地从后边抓住了安菲萨的肩头。安菲萨猛地转过头去。

站在安菲萨身后的竟然是列昂节夫，他消瘦了许多，神情安定。他正眯缝着眼睛，狡黠地盯着安菲萨。

安菲萨一下站起身来，一只手搂着列昂节夫的脖子，她的辫子滑落下来，但是她却没有察觉，只是将脸紧紧地贴在列昂节夫那满是胡茬的腮帮上，惊喜地叫道：

"我亲爱的，您吓了我一大跳！"

彼得·马克西莫维奇忙擦了擦眼镜，想看看这个怪人。擦好镜片戴上后，才认出了列昂节夫。忙说道：

"我们正好缺您呢。"

列昂节夫向大家问了好，在小桌旁坐下，给自己要了杯葡萄酒，说道：

"我是直接从柏林来的，刚刚复员。整个战争期间我就想和你们大家见面。看现在，一切都恰如我所愿，——不能不相信我们的大地母亲是可以创造奇迹的。"

不知怎地，大家都沉默了。乐曲声越来越清晰了，晚霞似乎也更亮丽了。

"考验结束了，"列昂节夫说，"来吧！让我们为优秀的儿女们干杯！当然，也为森林干杯！"

速生树

彼得·马克西莫维奇演讲时，没有提莫斯科发生的一件重大事情：即通过了逐步恢复著名的布良斯克森林的方案。

他之所以没提此事，是他坚守"还没做的事，先别说空话"的信条。

彼得·马克西莫维奇认为讲空话的人是没有什么好结果的。"现在我可不能说漂亮话！"他总是这么说。"唉，那些巧言善辩的人真够呛！说得天花乱坠，真做起事来，就晕头转向；全砸了！——什么结果也没有。"

彼得·马克西莫维奇自认为是个不善言谈、甚至近乎沉默寡言的人。可他没发觉，即便没人交谈的时候，他也总是自言自语；他的朋友和学生都知道他的这个特点。这一特点还成了人人经常善意取笑彼得·马克西莫维奇的把柄。

恢复遭到战争严重破坏的布良斯克森林的计划，是经过多方面研究讨论确定的。该项计划非常有说服力，以至没有任何人提出异议。

彼得·马克西莫维奇赞成恢复森林，就应该用大块大块的土地来造林，而不是建造狭窄的林带。

自古以来，布良斯克森林就是俄国最好的森林。它的树木是供造船用的，都是优质木。按林学家的话说，它属于最高级的林木。

由于这片森林的沙性土壤里含有大量的磷钙石，使得松树长得非常茁壮，木质优良。

革命前，布良斯克松木就备受青睐，不论在国内市场，还是欧洲市场，价格都贵于其他地方的松木。

整个缺乏林木的俄国南部全靠布良斯克森林谋生。布良斯克林木从黑海港口大量运往外国，轮船甲板上装着截短了的粗壮松树原木，将古松那令人精神清爽的奇妙气味带向全世界。

早在十月革命前，农民们就纷纷迁到布良斯克森林中开阔的采伐地定居，没有了松林的土地于是逐渐变成了农田。但是，沙质土壤长不好庄稼，农民们得不偿失。

所以，彼得·马克西莫维奇建议在布良斯克森林的所有空旷地上建造松林，为国家创造最丰富的优质林木后备品。如有必要的话，可以砍掉松林中所有那些不是长在富含磷钙石的沙质土壤上而是长在适合农作物生长的土地上的森林，改作良田。

计划通过了，从春季起，科学研究工作就从列宁格勒迁到了布良斯克森林中的一个林区里。

彼得·马克西莫维奇已在那里建起了速生林的苗圃。

他选择的地方十分适合种植速生树：这是我国中部温暖地带，没有暴风，土质又好，而且离那些在战争中受害惨重的森林区很近，这些地区急需大量造林。

彼得·马克西莫维奇跟柯利亚一起先来到林区。

波林娜·马克西莫夫娜也来了，多少年来她是第一次出城，因此，怎么也吸不够森林里的新鲜空气，怎么也看不够周围的美丽景致。

林区近旁有一条小河，河水淹没过的草地上的草还没有割完，

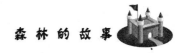

硕大的三叶草正开着花。战前，河上曾有一座水磨房，但被法西斯强盗烧毁了，只剩下一个堤坝。波林娜·马克西莫夫娜最爱去这堤坝上。在烧焦并已倒塌了的水磨残架上，长满了浓密的树丛。

安菲萨仍在莫斯科，她答应秋天到林区来：因为现在她在准备毕业考试。

尼娜·波尔菲里耶夫娜早就回利夫内去了。她曾给安菲萨和柯利亚寄来过好几张明信片，叫他们秋天来一趟，哪怕住两个星期也好啊。顺便还邀请了列昂节夫和彼得·马克西莫维奇来玩玩。她甚至用生长在著名的沟壑斜坡上的幼树诱惑彼得·马克西莫维奇来。

列昂节夫留在列宁格勒了，埋头写他的《旅行必读》。他在给柯利亚的信中说，完全出乎自己意料的是，这本书竟然写成了抒情诗。

他信中告诉柯利亚，他很羡慕那些能按计划行事的人。而对他来说，准备履行计划简直是望尘莫及的事。刚写出头几页，计划就打乱了，松散了。从原本构思得很好的计划的裂缝中又繁生出了新的萌芽。显然，是艺术的真实性破坏了原订的计划，作者是无法违背事物的内在规律的。

最叫列昂节夫头痛的是他的主人公们，他们只要在他的笔下一出现，就以一种令人难以理解的顽强精神与列昂节夫作对，随心所欲地行事（显然做的都是他们应该做的事），以至列昂节夫心中不禁滋生一种想法：这些主人公固然都是好人，可就是太倔犟了。有时，列昂节夫也为自己笔下的主人公那种坚韧不拔的顽强精神所感动，有时，却又怒不可遏，气得他把整篇整篇的稿纸都扯得粉碎。可是这全都无济于事。

"这叫什么职业！"列昂节夫心想，"还不如改行算了。"

可他心里明白，自己所从事的事业也是世界上任何东西都无法取代的。"无所谓，"他又自我安慰，"即便是吃糠咽菜，我也决不

会抛弃文学创作的。"

自从列昂节夫从柯利亚那里知道了玛丽娅·特罗菲莫夫娜的死讯后，他不知为什么整个心都在抽搐，忧伤了好几天。随后便突然离开了家，两个星期后才回来。

原来，他先到了安葬阿格拉费娜大娘的村子。后来，又拐到他当过巡林员的林区。在那里呆了几天，把那本莱蒙托夫诗集装进口袋里，带着阿格拉费娜的照片，回到家里。他把照片挂在了自己写字台上方。

列昂节夫对谁也没讲更多的情况，柯利亚也就不便过问了。

列昂节夫回家后，一连3天没出门。3天后，他又像以前那样，情绪平静地出来了。出门前，他从写字台的抽屉里拿出耳环盒子，把耳环放在手掌上看了半天，然后又放回了原处。

列昂节夫虽然也非常想到彼得·马克西莫维奇的林区去，但他决定在入秋之前写完书，哪怕是写出草稿，否则，决不离开列宁格勒到任何地方去。

林区里有很多很多工作要做：又要建造新的林区，又要培植树苗。人人只要一开口，就不外是种子、种子的发芽量以及速生树的特性。守林员管这树叫"突飞猛长的树"。

彼得·马克西莫维奇的心情激动极了。因为马上就要栽种我们的松树和外来的树种——外国速生树——冷杉、加拿大白杨和澳大利亚的墨累松等。

墨累松的别名叫"火松"，因为它能在火烧林中苗壮成长，它之所以有这种特性，是因为它的松果通常在树上要挂15～20年之久，而且只有在热得不得了的时候才会裂开，森林失火时也是它最容易裂开的时候。等大火熄灭后，种子才从毬果中爆出来。"火松"种子即使搁置几十年也不会失去发芽力。

　　彼得·马克西莫维奇总爱讲这么个故事：有一次，一粒"火松"果落入了松树干中，后来，包着它的树干形成了 50 层年轮，当人们从树里把松果取出来时，发现它的种子还是完全新鲜的呢。

　　加拿大白杨不仅生长速度惊人，而且树干高大得惊人。在俄罗斯中部，这种白杨 6 年就能长 9 米高。

　　但是，在这些"突飞猛长"的树木中最棒的当然要数花旗松了。它在自己的家乡加拿大能长到 75 米高。花旗松的平均年轮达 1000 年之久。

　　按照彼得·马克西莫维奇的想法，用这些速生树造林，很快就会填满战争留下的大片荒野。

　　对外来速生树种的研究，在彼得·马克西莫维奇的工作中已经成为过去的事，他已在苗圃中培植这些外来速生树，为建造新的实验林作准备。

　　现在他正在研究我国自己的速生树种——柳树、松树和云杉的栽培问题。这是一个大胆的、但是经过了深思熟虑的实验。在这方面，我们的科学家亚布洛科夫已经取得了优异的成果。他培植出了一种高大的山杨。这种杨树 40 年能长 40 米高。木质坚硬而且纯净，永不腐朽，就跟我们的普通杨树一样。

　　彼得·马克西莫维奇将我国的树种与外国的巨型树树种杂交，培育出了生长迅速的新树种。

　　这项细致而又复杂的工作已经接近了尾声，彼得·马克西莫维奇坚信它定能取得成功。

　　柯利亚在一块不大的苗圃里播下了从松鼠过冬用的松果中精选的种子。他决定将这些松树苗献给列昂节夫。作家不是能把自己写的作品献给亲朋好友吗？为什么林学家就不能将自己辛勤栽培的美丽的树木献给自己喜欢的人呢？要知道，育林工作所必须付出的紧张劳动与文学创作所花费的心血是完全一样的。

当苗圃里的小树苗刚刚出嫩芽时，柯利亚就对此深有感触。这些小芽芽娇嫩得就像小草的幼芽一样，培育它们就像抚养小孩子那样忙碌。炎热的夏天，要用云杉枝给它们遮挡烈日；到了秋天，当夜晚地面上结霜时，又要在苗圃四周点燃起篝火，让烟雾笼罩住树苗，驱除寒霜的侵袭，保持适宜的温度。

柳叶菜

8 月初，安菲萨和热尼亚·戈尔巴乔夫到林区来了。

柯利亚跑到大河畔的市镇上去接他们，有一条铁路支线经过这个市镇。

汽车都占用了，柯利亚只搞到一辆马车。但他反倒很高兴，因为坐着马车可比坐汽车在树根上颠颠簸簸要惬意多了。

市镇很小，半个镇在战争中都被烧毁了。街道上洒满了干草屑，马车在上面行驶时，就像在地毯上一样，一点儿声音也没有。大麻场里散发出一阵阵干燥宜人的蜂蜡似的气味。寒鸦呱呱呱地在市立公园的河上、树枝上喧噪。花园里长满了白屈菜和荨麻。入口处的一根小圆柱上贴着一张广告："曙光电影院上映新片《玛申卡》。"柯利亚微微一笑，心想：把市镇的电影院取名为"曙光"真是太合适了！曙光是朝霞的女神！

火车要在第二天早晨才能到，于是柯利亚便在"庄员之家"过了一夜。

黎明时，柯利亚起床了。他到院子里洗脸，草上落满了露水。一只鹅像是没睡醒似地无精打采地在水井周围摇摇摆摆地踱着步，"哦哦哦"地叫着。

"庄员之家"坐落在开阔的高地上。柯利亚一边洗脸,一边欣赏着太阳从河对岸的蒙蒙晨雾中,从夜晚留下的清新空气中冉冉升起,玫瑰色的霞光漫射到高空,高空中仍悬挂着一轮明月,在浩瀚的天际中已遨游了整整一夜的月亮显得非常疲倦又苍白。

镇上的火车站没了,战争中给烧毁了。现在暂用一节车皮当车站。

火车缓缓驶近了,远离车皮停下来。柯利亚迎着它跑去,但是迟了一步:安菲萨已经跳到路基上,热尼亚正把一只箱子和一个筐从车厢搬出来,递给她。

安菲萨热烈地吻了吻柯利亚,说道:

"柯利亚,我们终于能旅行这么多的地方了!"

"我还从来没到过这么偏远的地方呢,"热尼亚环顾着四周说道,"一切都那么有趣。"

热尼亚对马车感到很稀奇。更叫他惊诧不已的是,根本就没有什么马车夫,赶车送他们的竟然就是柯利亚本人。

"我会把车赶到家的!"柯利亚安慰他说,"请坐上来吧。待会儿我们拐到码头旁的河岸上的一家茶馆去,喝点儿茶,吃点儿东西。"

茶馆里很干净,暖暖和和的。一个穿红布裙的小姑娘动作麻利地擦完地板。他们三人围坐在一张桌旁。安菲萨从筐里拿出些夹馅面包片。柯利亚把从车站附近买来的一根小红萝卜也放在桌上。那小姑娘端来了小茶杯。

不论是安菲萨、柯利亚,还是热尼亚,都觉得能在这小茶馆里度过这个早晨真是妙不可言。他们仿佛成了一部小说的主人公,小说中的情节便是发生在一个不出名的小镇里。小说描写了一个小茶馆,荒芜的花园,年轻人的爱情和友谊,描写了从祖国首都到内地、到林区、到乡村小径的情景。

森 林 的 故 事

　　仿佛听到泉水在潮湿的沟壑里轻轻地潺潺流动。女人们挑着水桶下去取水，水桶的叩碰声划破了这片寂静。

　　柯利亚一行在草地上走了许久。荒谷中随处是小死水洼，水洼旁长着一丛丛的勿忘草。他们驱车进了火烧林。火烧林中还残留着几株孤零零的细长的松树，整片林地上覆盖着红柳叶菜。

　　太阳热辣辣地晒着。马蝇成群乱飞，马不时停下来，甩头摆尾地驱赶它们。

　　过了火烧林，马车驶过一片茂密的大森林。天气热得要命，他们决定等晌午的热劲过去后再走。

　　柯利亚卸了马，把它牵到胡桃林深处阴凉地，那马满意地打着鼻响，用灰色的麂皮似的嘴唇卷着树叶。马蝇也没有了。

　　大家都很口渴，于是在青苔间的小圆水坑里痛痛快快地喝了个够。那水清凉爽口，水面跟地面一般高。你要是定神细看，会发现一股清泉正从水底什么地方的青苔中流出来。冲得一根浸在水坑中的越橘枯枝微微摆动。

　　热尼亚躺在一棵老树桩旁，细细打量着这树桩。有几处树皮已经脱落，露出了被虫蛀出的一道道沟。蚂蚁在这些沟道上奔忙着，往树桩中的仓库里搬运各种粮食和干针叶。它们要针叶做什么呢？树桩旁长出了个蘑菇，颜色像硫磺似的，黄黄的。后来又飞来了一只野蜂，身上的绒毛像天鹅绒一样，乌黑乌黑的，腹上有条金黄色的道道。野蜂落在柳叶菜花上，一本正经地嗡嗡叫着。

　　"多美妙啊！"热尼亚赞叹道，"就这个树桩都让人看不够！"

　　"这棵腐朽的老树桩，"柯利亚说道，"有本事的人能把它当一本书来读。它浑身都是象形文字。"

　　"怎么？什么书？"

　　"描写大自然生活循环的书。上面还写着许多许多的事情。你看，这棵树桩旁边长着一棵柳叶菜，而柳叶菜只长在树桩旁，林中

215

空地上是不长的。因为柳叶菜喜爱富含氮的土壤。这种土壤往往又都是在蚂蚁洞附近形成的。柳叶菜是一种稀有的植物，它在火烧林里长得满地都是。它在这种地方繁生也是有目的的，因为它能很好地起到降低温度的作用，以免太阳晒坏火烧林中幼树的嫩枝。能有什么地方的土地会像火烧林被太阳烤得这么热。另外，柳叶菜还能防止夜间的冷空气接近嫩枝。常可以看到这样的情形：柳叶菜的顶端都冻坏了，它所保护的树苗却都没有冻死。这是一种富有牺牲精神的花，而且还不止这些呢。柳叶菜不仅能影响接近地面空气的温度，而且能影响土壤的温度。它不仅能保护嫩枝，而且能保护它们的细根。"

"听我说，柯利亚，"安菲萨说道，"这可真像一个童话。它可称得上奶妈花了！我要是列昂节夫，光写这些草木，就够写一辈子了。他能写成一部多么好的书啊！应该给他打打气。"

"谁都能领会到这一层的，"柯利亚答道，"可要真实表达出来，当然只有诗人才能够做到。"

那只野蜂匆匆从一朵柳叶菜花中爬出来，清了清小爪子，一下子又飞起来，直腾高空。

"彼得·马克西莫维奇曾经说过，"柯利亚停了会儿，说道："在未来的森林中要建许多养蜂场。蜜蜂能为林木授粉。此外，森林里还将有非常适合养蜂的人，他们在这儿大概比在任何其他地方所做的工作影响都大。蜜蜂是不喜欢毛手毛脚、好大喊大叫的人的。"

……炎热开始消退了，天空中渐渐布满了乌云，风在森林中穿行。

柯利亚套上马车，三人继续赶路。路两旁丛生着高棵蕨草。柯利亚抽打着马腿，黄澄澄的花粉飞落在马腿上。

森林变得非常寂静。突然，矮树丛中传来隐隐约约的簌簌声。

"下雨了!"安菲萨说着,伸出一只手来。

雨点立即落在她的手掌上,暖呼呼的。过了片刻,又是一滴。

树叶被雨点打得微微颤动起来,空中散发着被雨水打落的尘土的气息,远处传来一阵懒洋洋的雷声。

紧接着,雨骤然大作,一阵阵细碎的小雨点不时从空中飞快地倾洒下来。密林欢快地急促地沙沙直响。潮湿的树叶反射着亮光。马背上冒起了热气。大家忙把马车上盖干草用的条纹粗麻布拖过来,当帐篷遮在身上。

雨越下越大。沙地浸透了,成了黑色。地上的车辙积满了水,雨点落下,激起一个个的小水泡。

柯利亚把马车从大路赶向一旁的小路上来。

"你往哪儿赶呀?"安菲萨问。

"附近有个守林屋,我们先去避避雨。"

到了守林屋旁,一只毛乱蓬蓬的狗冲着他们狂吠,不过它的眼睛里却透露出快活的神气。后来一问才知道它为什么叫得这么厉害。原来它是因为不能马上把爪子搭到安菲萨肩上去舔舔她的脸而感到懊恼。等安菲萨一跳下车,这只狗就立即扑上去舔她了。

一个身材消瘦的守林员出现在台阶上。

"回来!"他冲狗喊道。但是狗已经跳到了热尼亚身上,到底还是设法舔了一下他的脸。

"遇上雨啦?"守林员问道, "恐怕要下很久哩,请进屋里来吧。"

大家进了屋,屋里一个人也没有。

"我没有女当家的了。"守林员说,"早在战前就死了。我就一个人忙里忙外的。我这就把小茶炊给你们端来,地窖里还有牛奶,请喝吧。"

"那谁帮您挤牛奶呢?"

"只好自己动手啦。"守林员闷闷不乐地答道。

守林员做什么事都是慢条斯理的:慢腾腾地拿来了茶碗和盛着褐色盐的罐子,慢腾腾地端来了茶炊,然后又慢腾腾地爬进了地窖里。

当他在地窖里忙碌的时候,安菲萨发现布帷幔旁的俄罗斯式炉炕上闪动着一双受惊的灰色眼睛,它们正一眨不眨地看着她。等守林员从地窖中爬出来后,安菲萨问他:

"这是您的什么人?"

"在哪儿?"守林员口气焦急地问。

"在炉炕上。"

守林员回头看了眼帷幔,什么话也没说,便开始煮茶炊。显然,安菲萨的问题太唐突了,他感到不快了。大家都沉默了。

生好茶炊,守林员在安菲萨身旁的长凳上坐下来,动手卷着纸烟。过了一会儿,才听他压低嗓门说:

"那是我的女儿,叫玛莎,她有病。"

"什么病?"安菲萨也小声地问。

"精神病。她很害羞,胆子也小,怕人。以前我在人多的守林哨工作,现在调到这最偏僻的地方来了。这儿安静些。过路人少,不会使她不安的。"

"她怎么会得这病呢?"

"以前……"守林员没听清安菲萨的发问,接着说道,"她是个爱说爱笑的孩子,常喜欢一个人跑到林子里去采蘑菇——小马林果她是一个也不会摘的!法西斯强盗来了,我们跟他们作战,打游击。当然是在这里,在自己的森林里。玛莎自然也是跟着我——她没地方可去。有一天,是圣母节,她跑到邻村去,回来时简直没人样了,全身黑乎乎的,说话结结巴巴,紧贴着我。你猜是怎么回事,原来在那个村里,法西斯强盗竟然当着她的面绞死了一个人。

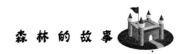

森 林 的 故 事

可见，孩子的眼睛不是什么都能看的，不是所有的事！玛莎受不了了。从此以后她见到人就躲，像森林里那些胆小的小动物一样。所以，要是我招待得有什么不周的话，请你们别见怪。我老是担心她见到人会不好，但现在我看她好多了。只要不对她大喊大叫，亲切点儿，她是不会害怕的。"

守林员转过身，说道：

"玛莎！玛莎！你出来。他们是好人，是好心好意来我们家的。"

"你们好。"那女孩在帷幔后小声地说了句。

"你好，玛莎，"安菲萨答道，"下来吧，到我们这儿来。我们一块儿喝茶好吗？我有礼物送给你。"

"我光着脚呢。"女孩回答。

"光脚怕什么？我也可以把鞋袜脱掉。"

女孩把帷幔撩开了些，久久地打量着安菲萨。

"您别再招呼她了，"守林员阻止道，"不然，她又会害怕了。说不定她自己会过来。"

女孩子果真从炉炕上爬下来了，走到桌前。两只眼睛贪婪地盯着安菲萨，然后走到安菲萨跟前，用一个手指触了一下安菲萨的手表，说：

"那里有个老头儿，不知道他为什么整天在那儿锯呀锯的。不过，您的老头儿小小的，我们的大。"

"你们的是什么样的？"

"喏！"女孩子指着一口老挂钟说，"我们的老头是铁匠，他打小刀。打出刀来——把所有的人统统杀掉。"

"小傻瓜，别胡说八道啦！"守林员厉声说，"尽讲些废话！"

女孩的嘴唇抽搐起来，她惊恐地看了看父亲，用两只手捂着脸，号啕大哭起来。安菲萨把小女孩拉到跟前，抚摸着她的双肩和

221

乱糟糟的小辫子。女孩儿把滚烫的泪脸埋在安菲萨的怀里，一个劲儿地哭个不停。

"你这是怎么啦？"安菲萨说，"他根本不是在打小刀，是在敲锤子，在给自己做过冬的鞋哩。他可是个仁慈的老爷爷，只是耳聋。干吗要让他难过呢？"

女孩儿停止了哭泣，抽搐地喘了口气，斜眼瞟了一下安菲萨，往安菲萨身上贴得更紧了。

"她安静了，"守林员说，"换了我，她怎么也安静不下来的，真是糟透了！"

"对她多抚爱些，会治好她的病的。"柯利亚插嘴道。

"这是当然的啦，可是，天啊，对她抚爱要花费很多的时间，哪儿来的时间啊？我成天在森林里，她独自一个人呆在家里，天知道她这会儿都在瞎想些什么。"

"我可以隔两三天来带她到林区去住几天，"安菲萨说，"在那里她也许会好起来……你想跟我们去吗，玛莎？"

"去。"女孩儿答道，声音小得勉强能够听到，更紧紧地贴着安菲萨了，她紧贴在安菲萨的外衣上，那外衣散发着一种美妙的气味，不知是青草味，还是花味。

"好啊……"守林员感激地说，"真不知该怎么谢谢你们才好。女人的心能够战胜一切，的的确确是这样。"

雨到夜里才停。乌云飘到森林那边去了。月亮低低地擦过树梢，升起来了。月光投在水洼里，闪烁着。

守林员套上马，往马车里垫了许多干草。

安菲萨在马车里疲倦地打着盹。她偶尔睁开眼睛，但看到的总是同样的东西：森林，还是森林，还有就是车轭上闪闪的月光。她断断续续听到柯利亚和热尼亚的谈话声，又打起盹来，她仿佛觉得这森林走不到尽头似的。

旧 耳 环

列昂节夫跟一个满脸雀斑的司机说好，请司机用车把他的行李送到林务所彼得·马克西莫维奇那儿，他自己则步行前往。

列昂节夫原以为司机会对他的这个决定感到惊讶，没想到他的反应却很冷淡，这反倒叫列昂节夫惊奇了，不知为什么甚至感到有些委屈。他们分手时，约好第二天在林务所见面。

摆脱了行囊的重负，列昂节夫穿过市镇，走到河边。浮桥上有个人在钓鱼。那人穿着军装，胸前佩戴着因参加斯大林格勒保卫战和攻克柏林而得的勋章。他睨视了列昂节夫一眼，问道：

"有火吗？我的火柴都弄湿了。"

列昂节夫递给他火柴，在他身旁的木头上坐下来。一辆马车从背后驶过，震得列昂节夫直发颤。

在黑乎乎的流水中，有什么东西不时一闪一闪的。

"大头鳗，"佩戴勋章的人说，"没上钩。鬼才知道它们要什么样的鱼饵！游到跟前，嗅了嗅，就游走了。"

"您这儿真好！"

"是啊，"佩戴勋章的人表示同意，"这倒是真的，非常不错……您赶远路吗？"

"去林务所。"

"我们有好几位学者正在那儿大显身手呢!"佩戴勋章的人自豪地说,"他们在全区造林,真了不起!20 年后这儿就是地地道道的天堂了。这是千真万确的!"

他弯下腰,拿起插在圆木间的渔竿,猛地一提,钓丝扯紧了,迅速向岸边移动。

"这下跑不了啦!"佩戴勋章的人说着,从水中拉起一条正在拼命挣脱的银色的鱼。他灵活地把鱼扔在木桥的铺板上。鱼蹦跳着,在阳光下闪闪发亮。

一个赶着马车的女人走到跟前,勒住马,说:

"真有你的,钓上来啦。愿意交换吗?"

"换什么?"

"我有酸乳皮。"

"走你的吧!"佩戴勋章的人说,"换东西都换成习惯了。说不定你连母马都会拿来换哩。"

"你说什么呀!"女人答道,"这个玩笑开得可不怎么样。母马是集体农庄的,我不过想尝尝鲜鱼汤罢了,我特喜欢喝鱼汤。"

说罢,女人拉起缰绳,走了。列昂节夫告别了佩戴勋章的人,继续赶路了。

8 月已经过去了。草地上总有蜘蛛网粘在脸上。不过,这个时候飞来飞去的蝴蝶还是跟春天里的一样:荨麻蝴蝶和柠檬蝴蝶。

远方地平线上的森林隐匿在干燥的粉红色的雾霭中。辽阔的原野向大地的尽头延伸开去。令人隐隐约约地感到既兴奋,又忧伤,仿佛刹那间又回到了童年时代。

列昂节夫路过水泛地上的小湖,湖岸上开满了蔷薇花。他采了许多黄黄的浆果,吃了起来。他非常喜欢干浆果这甜滋滋的味道。

过了草地,是一片新造的幼林。列昂节夫停下脚步,吹起了口

哨，欣赏着长满柳叶菜的犁沟里成千上万株幼松那葱翠的颜色。

很快他来到一片没受过损伤的森林里。列昂节夫躺在一棵小树旁，一朵粘乎乎的蕈隐藏在他身旁一片黑色小杨树叶下，一只绿色的小苍蝇粘在草上，有气无力地嗡嗡叫着，想挣脱出来。一只黑星黄粉蝶落在一棵小草上，祷告似地折叠起小翅膀，入睡了。土地散发着温暖的气息，列昂节夫不知不觉地打起盹来。

他在朦朦胧胧中想着自己的书。他自问能把这片广阔无垠的土地、春天、冬天、田野和森林所蕴含的魅力成功地在自己的书中描述出来吗？好像能成功。可是要人们看这本书，大概就不容易了。现在的人都性急，而这种书必须耐着性子慢慢看，要尽力用心去看透所写的一切。

他想他的作品大概不会白写的。能把自己对祖国的一点点爱传达给读者，他也就感到欣慰了。

他感觉到有人在看着他，便睁开了眼睛。

路上站着个小姑娘，约莫 10 岁，淡褐色的头发蓬蓬松松的，辫子上系着根绿带子，手里拎着一篮蘑菇。

"你叫什么名字？"列昂节夫问，"费尼娅？"

"不，我叫娜斯嘉。我是来采蘑菇的，您干吗在太阳下睡觉呢？头会被烤昏的。"

"你从哪儿来的？"

"林务所。您为什么叫我费尼娅呢？"

"你像费尼娅，所以就这么叫了。"

"您怎么知道她，费尼娅？"

"我认识。"

"这就不对了！"小姑娘笑起来，"她连个'糖'字都不会说，老把'糖'说成'当'。而且一点儿也不像我。"

"是吗？"列昂节夫很惊讶的样子，"看来，这不是那个费尼

娅了。"

"我们那儿只有一个费尼娅。她的鼻子是棕黄色的,因为长了许多雀斑。"

"那么,我们一起走吧,"列昂节夫说着便站起身来,"我也要到林务所去,还要走好长的路吗?"

"得走两个钟头哩。"娜斯嘉说,"我走路可快啦。"

她飞快地一路走去,两条黝黑的小腿不停地甩着,上身微微向一边倾斜,以便拎着那篮沉甸甸的蘑菇。

"我们林务所现在新来了一个小女孩,"娜斯嘉说道,"她叫玛莎,是个守林员的女儿。她本来是跟她爸爸住在哨所里,她爸照顾她可真不容易。因为她有病,好像是精神有点儿不正常。恰巧从莫斯科来了一个年轻阿姨,就顺便把她带到林务所来了。"

"为什么?"

"当然是给她治病啰。"

"结果呢?"

"没什么了,好多了。玛莎现在甚至能跟我们一起玩了。而以前,一看见我们就跑,追都追不上她。"

"那个年轻的阿姨是谁呀?"

"是个演员!"娜斯嘉用骄傲的口吻回答道,"等我长大了,我也去当演员,我要学跳舞。"

"安菲萨!"列昂节夫心想,"一定是她。"

他们走出森林,来到一片乱伐林地。遭砍伐的松木桩高得都齐人胸了。有些地方被树干和挂着棕黄色针叶的枯树枝堵住了路,难以通行。地里已冒出了白桦树的嫩芽。

不过,不少地方都已经清理了:枝杈和枯树叶已经堆成了大堆,高高的树桩也已贴根重新锯矮了,不再使人产生整片树林被乱砍盗伐、遭狂风袭击的乱糟糟的印象了。

"法西斯强盗毁坏了这片树林，"那小姑娘说，"想难倒我们。您看看，都砍成什么样儿了！砍掉了多少林木啊。现在正在整理林子，我们要用一种树在这里造出一片新树林——那树叫什么来着？我忘记了，反正是带香味的。我们也在造林哩。"

"你说的'我们'是谁啊？"

"孩子们呗！我们有时都赶过大人们了。"

小姑娘越走越快，列昂节夫跟不上她了。好在他也并不想急匆匆地赶路。

"你先走吧，"他向那小姑娘提议，"这条路是直的，我自己能走到的。"

"好吧，我是该快走了。"

她朝列昂节夫点了点头，才一分钟光景，她就已经走得很远了，一转眼便在茂密的刚刚萌芽的树丛后消失得无影无踪了。

列昂节夫站住了脚，砍倒的松树干间侧卧着一辆锈痕斑驳的坦克。炮塔上的法西斯标志"卐"字上覆盖了一层厚厚的尘土。

列昂节夫走过去。炮塔盖敞开着，往外冒着热气。一只灰色蜥蜴发现了列昂节夫，蓦地在铁甲上飞奔起来，钻进了坦克。坦克里空荡荡的，炸坏了的钢皮尖齿四下支楞着。

列昂节夫怀着他特有的好奇心，绕着坦克转了一圈。这儿看看，那儿瞧瞧，除了一只已被踩入土中的无指皮手套，什么也没发现。列昂节夫想捡起来，可是一棵车前草穿过破手套长了出来，将手套捡起来，势必就会连它也一起拔起。列昂节夫可惜这棵车前草，就没去动那只破手套。

他摸了下坦克上几处被炮弹打凹进去的地方，微微一笑，心想：这个死亡播种者现在竟成了我们村童的玩具了。不管什么坦克、炮弹，都阻挡不住我们生活的前进步伐，任何时候，任何情况下，也休想阻挡我们。

228

　　他继续赶路了，这时已是黄昏时分，小鸟、蚊虫在暖融融的空中飞来飞去，夜幕已经渐渐笼罩了大地。

　　远处路上出现了几个人影，他们迎着列昂节夫走来。列昂节夫止住步，凝神细看。是一男一女两个人。看样子，这两个人像是安菲萨和柯利亚。列昂节夫招着手，喊道：

　　"喂——喂！"

　　回答他的是安菲萨的声音。她和柯利亚已经迎着他跑过来。列昂节夫站在那里高兴地笑着，微微眯缝的眼角上闪动着泪花。

　　"鬼晓得是怎么搞的！"当他们跑到跟前时，列昂节夫说道。"我竟然像个老处女似地多愁善感起来了，真不好意思。"

　　他吻了吻安菲萨和柯利亚，边笑边摇晃着柯利亚的肩膀。

　　安菲萨责怪他不该不先来封信，要不是娜斯嘉提早半小时跑到林务所，他们就迎接不着他了。

　　他们在路旁的一个沙岗上坐下来，大家都有说不完的话，恨不得一古脑地把知道的所有重要事情都说出来。然而短短的几个钟头哪够啊。得谈上几整天哩。所以，他们只好把要说的话暂且都搁起来。

　　太阳已在乱伐林那边沉下了，它向大地放射出赤金般的强烈光芒，把周围的一切都染红了。

　　"该走了，"柯利亚站起身来。"这儿附近全是沼泽。马上就要起雾了。"

　　他们站起来。

　　"怎么样，"列昂节夫问，"你们结婚了吗？"

　　安菲萨和柯利亚相互看了一眼，随后安菲萨严肃地看着列昂节夫，默默地点了点头。

　　列昂节夫从衣袋里取出一只陈旧的小盒子，打了开来。只见里边放着两只普普通通的耳环。在落日余晖照耀下，每只耳环中心都

森 林 的 故 事

家园的故事丛书

有一粒晶莹的小珠在闪闪发光。

"哪儿来的?"安菲萨小声问道。

"还记得柴可夫斯基送给小姑娘费尼娅的那对耳环吗?"

"是啊,我还记得哩。"安菲萨的声音更小了。

"这就是那对耳环。您把头低下来。"

安菲萨一声不响地低下头。列昂节夫小心翼翼地把耳环戴到她那激动得发红的耳垂上。

"这给您吧,"列昂节夫说,"不过,不是我给的,是阿格拉费娜送的。因为您是纯朴的俄罗斯女人之一,为了这样的人,值得做任何最好的事。"

安菲萨低垂着头,面颊上的红晕消失了,脸色变得非常苍白。

接着她抬起头来,吃惊地看着列昂节夫,一只手抱着列昂节夫的头,另一只手把柯利亚拉到身旁,将自己热辣辣的脸紧紧贴在他们的脸上,随即又松开他们,独自顺路快步走去。

列昂节夫和柯利亚紧跟在她身后,两个人都没有说话。柯利亚使劲儿捏了下列昂节夫的手臂。

"没关系的,"列昂节夫说,"她会平静下来的。"

暮色已浓。只有安菲萨的裙子在暮霭中显现出白色。安菲萨终于停下来,等着列昂节夫和柯利亚。等他们到跟前后,她挽起他们的胳膊,并肩朝前走去。

空中的晚霞渐渐消失了。列昂节夫心中暗想:自己的一生已经过了一段了,可是乍一看去,似乎并没做出什么不同寻常的事来。

然而,这段生活实际上已经远远朝前走去了,远得使人对一切都难以理解,难以估量了。他感觉到生活已经更接近那个他的成千上万的同胞们正为之奋斗的时代了,他自己也正是为这个时代而生活而工作的。

"或许黄金世纪即将来临了。"列昂节夫想。

家园的故事丛书

一切重负、混乱、失败和错误在这种想法面前都变得黯淡了。我们的道路已在地图上开辟出来，这是最为至关重要的。

正如晚霞过后将不可避免地升起朝霞，升起那金光灿灿、夹带着金星亮晶晶的闪光、精神焕发且又安谧宁静的朝霞一样，在他已经历了半生的生活之后，年轻人的生活——安菲萨、柯利亚以及千千万万青年男女的生活——也将随即而来了。

为了他们，值得工作，值得克服和战胜一切，值得把这些宝贵的财富——这片亲爱的土地、伟大的森林、洁净的空气、富饶的田地和城市，总之，使生活充满意义和快乐的一切——留给他们。

我们要把自己毕生的一切成就，把自己的心交给他们。看到他们小心谨慎地把我们已达到的、我们为了高尚的正义事业受尽苦难所获得的一切传递给后辈，传递给崭新的、幸福的时代，就是对我们的最高奖赏。